リトル・ボーイ

リトル・ボーイ

マリーナ・ペレサグア
内田吉彦 訳

水声社

フィクションの楽しみ

リトル・ボーイ◎目次

わが母、勇敢なる想像の航海者へ

日本の読者へ——交信する樹木

私はある女性森林学者から、森の中で樹木はそれぞれ孤立した存在ではなく、地下で球根や茸や根でつながり、それらを通じて二酸化炭素や窒素を交換し合っているのだと聞いたことがある。一本の木が呼吸している物質は、別の木の肺から出てくるのである。われわれの生命の質やおのおのの寿命は、他者に依存しているのである。私はスペインに生まれたが、これまでの人生をさまざまな外国で暮らしてきており、ある時期から、別の人体に移植された心臓のような感覚で、それらの国々が自分の国であると感ずるようになった。スペインの根を持つ私という木は、次の順序で私が住んだ場所にある木々の根とつながっている。イタリア、アメリカ、日本、そしてフランス。しかしながら、私がこれまで暮らした国々と日本とでは異なるひとつの事情がある。それは、幼いころから家族にいつも聞かされていた、私の祖先が、ほかならぬ日本からやってきたということである。

私の父方の一族はコリア・デル・リオ（Coria del Río）の出身であり、このセビリアの町にはハポン（Japón）という姓を持つ人たちが大勢住んでいる。十七世紀、武将の支倉常長が遣欧使節を率いて、当時強国であったスペインを訪れ、グアダルキビル河を遡行する途中、団員の侍たちがかなりの数のコリアの女性たちに日本人の種子を遺していったからである。その血の一滴が私の家族と、私自身の中に流れているはずで、私はもの心がつくようになってから、この国に特別な興味を感じており、それは西洋人が、理屈の上で、異国情緒に寄せる関心とは、まったく違うものである。私がこれまで日本に対していつも感じてきた興味は、文学的であり、身体的なもので、その意味するものは、旅をするというよりも、むしろ帰還というべき、一種の心に訴える力である。日本ではじめて生活することになった最初の旅で、私が感じたのがまさにそれであり、最初の旅というよりも、それは帰国、わが家への帰還であった。それからしばらくして、コリア・デル・リオの住民の一人が、彼の父親は一度もその土を踏んだことがないにもかかわらず、日本に帰ることを願いつつ死んでいったと、テレビで残念そうに話しているのを聞いたことがある。こうして、宇都宮、それから京都へと移り住む前に、東京に足を踏み入れたとき、私にとってその匂いは親しみがあり、私のこどものころにつながるものであった。そのうえ、気温は、どの季節においても、身体になじむものだった。当時の恋人の家族に受け入れてもらうために必要だった、日本女性の優美で繊細な立ち居振る舞いに順応することも、私は苦にならなかった。すべてが自然体で起こったのである。私はずっと以前から、どういうわけか、正座をして食事をしてきたし、いまもそれを続けている。

おそらく私の身体と日本の肌とのこの再会が、「リトル・ボーイ」の特質として、異国趣味に堕していない、と何人かの評者が述べていることを説明していよう。私の日本文化を見る眼は異国趣味のそれではありえない。なぜなら、この言葉が示すように、〈エキゾチック〉とは〈外からくるもの〉を意味しているからである。私の視線は、私とは無縁な、風変わりな美を受け止めていたわけではなく、むしろ、私の祖先たちが世代から世代へと伝わっていったことをよく知っていた、微かな血脈に由来する、一種の遺伝子的なつながりのようなものである。子供のころ、母親は私に食事をさせながら、日本の物語をはなしてくれたし、やがて、三島由紀夫の『春の雪』と出会い、私が女性へと成長していく過程で、日本文学が大きくかかわっていたことを、自分で悟ったのである。

一九四五年八月六日広島、九日長崎と、想像を絶する悪の装置を落下させ、人類に対する最大の罪を犯した国に長年住みながら、私はこのことに対してなにかを言うことができると思っている。そのなにかが、まったく目新しいことではないにしても、過去の忘却を回避するという、互いに協力することでのみ達成できる目的に、多少なりとも資するものであることを願っている。

戦争とは人間の尊厳が深く傷つくことであり、人類の新たな失敗を示す根源的な歪み、欠陥であり、日に日に浸透していき、やがて広島やベトナム、あるいは戦争という大河のひとつの支流にしか過ぎないどこかの領土で爆発する、人間の醜態である。核攻撃はわれわれ全員に対する攻撃である。

もう一度言おう。木は孤立した存在ではなく、一本の木が呼吸している物質は別の木の肺から出てくるのである。広島において木々は長いあいだ葉を落としたままであった。おそらく多くの人が見落としていたのは、それらの木々が酸素を与えなくなったのは広島の地ばかりでなく、交信する樹木がわれわれの住む西洋の町々の肺でもあった、すべての地においてそうであったということである。日本への謝罪は絶えることのない鼓動でなければならないだろう、なぜなら、あらゆる樹木の、あらゆる国の平和は、それにかかっているからである。はるか遠い私の、しかし深い日本の根から、また交信する樹木の重要性を認識している人間としての立場から、日本の読者に赦しを願い、また、本書により、私にとっては帰郷ともいうべき、日本に紹介される機会を与えてもらったことを、ここに感謝する次第である。

マリーナ・ペレサグア

二〇一五年十一月十二日、ニューヨークにて

リトル・ボーイ

アントニオ・ムニョス・モリーナへ、その爆発力に対し
ルベン・リオス・アビラへ、その収縮力に対し

わたしの恩師F・Gは東京の上智大学で三十年ものあいだ教えていた。わたしが出会ったもっとも頭脳明晰な人である。先生はわたしがヒロオとの関係を正式なものにするまえに、一度日本へ行ってみることを勧めてくれた。そうすれば、やがてやってくるヒロオとの破局が短い時間で済むと直感していたのだろう。だが、わたしのとった行動はその逆だった。まずヒロオとニューヨークのポート・ジェファーソンで四年同棲し、そのあと日本に行ったのだが、結局、二人は別れることになった。わたしは彼の家族に受け入れてもらえるよう、わたしの血筋に連なる日本人の遠い祖先を呼び戻さねばならなかった。東洋系の顔立ちがはっきりしている従姉弟たちや、父親の写真を何枚かスーツケースに入れた。もちろんわたしは、それが、自分が似ているとは思われたくない家族の一面であることは、あえて言わなかった。いずれにしても、ヒロオに教えられた通り、わたしが口にすべき数少ないことばを、彼の都合のいいように訳してもらったのである。

わたしたちははじめの三カ月、栃木県の宇都宮に住み、日本での暮らしがともかくこうしてはじまった。とても狭いアパートだった。トイレもシャワーもすべてが一室に収まっており、オーブンはまるで引き出しのようなものだった。朝起きると布団を通り沿いに干し、昼間人さまの邪魔にならないよう取り込まなければならなかった。布団は、アパートの室内を頭を屈めて歩くほど、日本人としては非常に背が高いヒロオの丈に合わせてつくってあったので、先の部分を壁に折り曲げて使っていた。わたしたちが生活する住居の狭さを彼は一度も話してくれなかった。日本に着いてはじめに知ったのは、立派とは言えないけれども、広い、彼の両親の家で、それは夫婦で耕す稲田に面していた。だから、ヒロオが借りたアパートを眼にしたとき、いずれ一時しのぎの場所だろうし、何日か過ごしてみたあとで、そこに二カ月と暮らせる人などいないだろうとわたしは思った。ところがその予想に反し、住んで二週間目、同じ間取りの隣室に、もう十年もひとり暮らしをしている老女性とわたしは知り合ったのである。

ヒロオは昼のあいだ大学に行っていたので、わたしは隣人の、Hという名の、その女性の部屋で彼の帰りを待つことがたびたびあった。彼女の年齢をこちらから訊いたことはなかったが、見当はついていた。それは二〇〇八年のことで、彼女は一九四五年の終戦時、十三歳だったと言っていたからである。彼女が英語を話せたのは、生まれてからの十四年と最近の十年を除いて、ずっと米国に暮らしていたからである。はじめの素っ気ない挨拶から、彼女の戦慄すべき人生を知るようになるまで、十週間ほどのあいだであった。

Hは、そのあと何度も繰り返すことになる、次のようなことばで自分の物語を話しはじめた。「その場にいなかった人にはなにが起こったのか想像もできない」。彼女の打ち明けばなしの一部をメモした手帳を広げ、このことばを読むと、彼女の証言を書き残そうとわたしが決心するのに数年を要した理由はこれだったのだと思う。想像もできないことをどうことばにすればいいのか。その場に居合わせた人たちでさえ話されるのを拒むことを、どう書き記せばいいのか。しかし至難なわざの中にも一縷の望みをつなぐ原子はあるもので、わたしはそれに縋《すが》るつもりだった。この場合それは、女だからこそ感じ取れるなにか、核爆発に加え、Hの身の上に傷跡を残したなにかであり、記憶と二人の会話の場で書き留めたメモの原子炉の中であれこれ考えながら、わたしがしがみつこうとしていた心棒のようなものである。

その場にいなかった人にはなにが起こったのか想像もできない。彼女自身、間違いなくその場にいたにもかかわらず、どのように話せばいいのかわからない、彼女は言い訳するように、ときどきそう言った。また、その記憶をスクリーンに直接映し出せたらいいのに、ともよく言っていた。そうなれば、これ以上ことばで語らなくても済むのだと、彼女は表情を緩め、そして、二人の会話の最後に至るまで、思いがけず同じ場所に日々戻ってしまい、気を休めることができずにいた（いまなおできない）、繰り返し登場するそれらの場面を、映像で示せばいいのだと。

彼女の口から聞いたいろいろな情報を頭に置きながら、映像にして映してみたいと彼女が望んでいた映画にわたしは思いをはせる。彼女が少しずつ明かしてくれた細部から、映画の場面を想像してみることは、まとまりのない彼女の過去の断片をつなぎ合わせるのに力を貸してくれる。Hの映画は、さしずめ、体温計を口にくわえ、床についているところからはじまることになろう。熱がそれだけあったのだから、彼女は当然家にいなければならなかった。十三歳の少女として、母親の言いつけに従うのが道理で、母としてはとても学校までつき添う気にはなれなかった。ところがHはどうしても行くのだと言い張り、一時間バスに乗って、きっかり八時にはもう教室の自分の席に着いていていた。言いつけに逆らったことが映画の終わりまで尾を引くことになるのである。まさにその十五分と十七秒後、エノラ・ゲイのウィリアム・スターリング・パーソンズ大尉は、同機が飛行していた高度九四七〇メートルから、爆発予定の高度六〇〇メートルまで、装置が落下していくのに要する秒数を示す計器に視線を集中していた。乗組員の事前の計算によれば、核爆発は四十二秒後に起こるはずであった。四十三秒後、彼らの気は張りつめた。その極度の緊張の中で計器が示す数値をひたすら見つめていた。三秒の誤差をもって、実験は成功した。四十五秒に達したその瞬間、Hは別の教室に向かって夢中で走り出した。われに返ったとき、Hはあたりを見回したが、立っている人も物もなく、壁さえもなくなっていた。学校はすでに一面、焼野原と化し、のっぺらぼうになってしまった校庭が、やはりのっぺらぼうになった町へと続いていた。百五十人いた生徒のうち、自分の足で脱出したのはひとりだけだったことをHはあとで知った。洗面所だったところに衣服を剝された塊のようなものがあり、自分の方に近寄ってくるのが見えた。水を欲しがっていた。気が動顚した。頭部が三倍の大きさに膨れあがっていた。その塊が自分の名前を告げたとき、はじめてそれが担任の先生だとわかった。一目散に駆け出した。

爆弾投下後、エノラ・ゲイは北西一五五度の方向に旋回しながら、退却飛行に入っていた。乗組員は衝撃波の襲来を待つあいだに黒眼鏡をかけ、その波は一分後、九マイル離れた地点でやってきた。Hにとっては、数値はかなりあいまいだった。どのくらいの時間、意識を失っていたのか、またいつ学校から出たのかも、わからなかった。憶えていたのは眼に入ってくる時計がすべて八時十六分でとまっていたことだ。ところがどうやって病院にたどり着いたのか、自分にもわからなかった。おそらく見知らぬ人が連れていってくれたのだろう。そのあと、ほかの負傷者たちとひしめき合いながら過ごした日数も、やはり不確かだ。しばらくしてから、はじめのころ負傷者三千人に対し、医師はひとりだけだったと知らされた。その当時は知らなかったが、火傷は身体の七〇パーセントに及んでいた。数日後、両眼が塞がってしまった。開けることができなかった。眼が見えなくなったのだと思った。薬品も鎮痛剤もなかった。施された医療は姿勢を変えることだけだった。ときどき誰かがやってきて、彼女を動かしていった。ところが痛みが激しかったので、寝返りさせられたとき、仰向けになったのか俯せになったのかわからなかった。これ以上痛みが増すことなどないほど、全身が燃えるように熱く、胸、腹部、両膝が、背中、尻、両脚の裏側と同様、燃える一枚の板になっていた。からだの凹凸がなくなってしまったような感じで、苦痛に圧し潰され、まえとうしろがひっついてしまい、全身が白熱する一枚の平らな金属板のようだった。おしっこで濡れているのにはじめて気がついた日、回復に向かいはじめたことを知った。ようやく自分の姿勢がわかるようになった。おしっこが下の方に伝って流れれば、仰向けになっているのだ。出たものがそのまま水たまりをつくるようなら、俯せだった。からだを拭いてもらっているとき、眼が開けられるようになった。そして、痛みがやわらいでなんとか動きがとれるようになり、頭をもたげてみると、肉体はどこも生気を保っており、五体はすべて形を成していたが、下腹部から鼠蹊部にかけて、見分けがつかない塊のようになっているのがわかった。腫れがひどく、確信はなかったが、どうやら原爆はなによりもまず彼女の性器を徹底的に痛めつけたように思われた。

隣室の女性との会話をときどきヒロオに話した。彼はいつも黙って聞いていたが、汗水たらして帰宅し、自分の馬《カバーヨ》（競技用の自転車を彼はスペイン語でそう呼んでいた）をいつもの場所に駐輪したあと、わたしのために大学でコピーしてきたなにかの資料をテーブルに置いていってくれるようになった。作家ジョン・ハーシーが週刊誌『ニューヨーカー』に発表した記事〔Hiroshima, 一九四六年八月三十一日号〕や資料の抜粋、名も知れぬ人々の証言などである。こうしてわたしは、正体をはっきりさせるために名称を知る必要があった、見分けがつかない腹部の塊というのが、単に、Hの勝手な表現ではないことを知った。具体的で説得力のあるそのイメージは、彼女自身が把握したものと思っていたが、別の人たちの証言の中でも何度も繰り返されていた。そのときわたしはもっとも納得のいく説明をそこに見つけたのである。ことばにできないもの、というのが、同じ立場の生存者たちがもっとも効果的に表現しようとするときの、根拠なのであり、こうしてその恐怖を語る言語を創り出したのだ、とわたしは考えた。すぐに憶えられる、もっとも新しいこの言語は、親から子にではなく、証言者から証言者へと伝えられるものだ。この言語においては、「頭部が三倍の大きさに膨れあがった塊のようなもの」とは、「頭部が三倍の大きさに膨れあがった塊のようなもの」とのみ表現が可能である。同等の表現は存在しない。同義語のない言語である。

Hの映画では負傷者たちがすみませんと言いながら死者のあいだを通り抜けていく。このように、生き残ったことを恥ずかしく思う教育がなされたのだ。新聞をはじめ印刷物からは「原子爆弾の投下」や「放射能」という活字が削られ、政府は二十万人を超える死者に配慮し、「生存者」ということばの使用を避けた。ハーシーの記事から、《ヒバクシャ》ということばが「ある爆発の影響をうけた人」を意味することを知った。そういうわけで、この用語によって、生き残ったことの苦しみだけでなく、その奇跡の意味するところをも回避してしまったのだ。《ある》

と《その》という二つの語の違いは、まったく別のことを意味しよう。「《その》爆発の影響を受けた人」と言うべきところを、「《ある》爆発」と言うなら、それはなにかの爆発、フライパンの中でちりちりに熱せられた油に触れたイカとか、誰かの誕生パーティーで手にもった爆竹とかを意味することにもなろう。わたしは、こうした冠詞の違いを明らかにするにはどうしたらいいかHに問いただしてみたが、彼女の説明はよく理解できなかった。あるいはわたしの言っていることがHにわからなかったのかも知れない。彼女がそのことばづかいを嫌っていることだけは確かだった。わたしがスペイン語で記したノートにはこう書かれている。「わたしがその呼び名をつけるよう言われたなら、《爆弾を自分の中に抱えている人たち》となるだろう、なぜなら、B－29爆撃機が〈リトル・ボーイ〉と名づけられた原子爆弾を投下したあの朝は、その爆発の端緒にすぎなかったからだ」。わたしの想像では、ビッグバンが逆方向に起こり、Hの体内でもうひとつの宇宙の破片が刻々と縮小していき（いまなお縮小しつづけ）、いつなのかわからないけれど、ある日ついに破裂する。

終戦後、原爆が残していった痕跡を緩和する目的で、二十五人の娘たちが選ばれ、米国に行き、さまざまな整形外科手術を受けることになった。「広島の乙女たち」として知られる女性たちである。Hは彼女たちが羨ましかった。テレビに映る彼女たちの足跡をつぶさに追い、飛行機から、うなだれて、おずおずと降りてくるところや、それまでねじ曲がっていたその同じ口に微笑を浮かべ、彼女たちを歓迎しようとしている国で花束を受けとるところなどに見入った。Hはその一員として選ばれることを願っていたが、いまだによくわからない理由で、叶えられなかった。しかし、二十五人の乙女たちの姿をみて、何年間か貯蓄に精を出す気になった。もらったすべてのお金をため、働ける年齢になると、やがて自費で受ける手術のことを考えながら、許される時間のすべてを仕事に注ぎ込んだ。顔かたちの何カ所かを根本的に変えること、そしてなによりも、性器を再生すること。

年数が相当経っていたにもかかわらず、Hの顔にはまだ傷跡が残っていた。化粧で隠すようなことはしなかった。片方の頬に赤みをおびたケロイドが広がり、それはアフリカ大陸の形をし、樹脂のような感触だった。このような傷は日本では長いあいだまぎれもない傷痕だった。そのために生存者たちは、原爆症の後遺症を恐れて、差別されはじめた。仕事の口が見つからず、そのころ、婚姻のかなりの部分を担っていた仲人たちも、奇形児が生まれてくるのを見越して、生存者に配偶者を見つけるのを拒むようになった。Hの映画には身ごもったいとこが登場する。彼女のお腹は、大きくならずに、六カ月目から小さくなりはじめる。その腹部は、申し訳なさそうに、胎児から精液へと歩みを逆に進め、ついには妊娠前のあの懐かしい平らな姿に戻っていく。

そこでわたしは、Hの過去を把握するため、あの一縷の望みをつなぐ原子に立ち戻ることにした。すると、自分が体験していない原爆以上の強い衝撃を受けることになった。二人が会った最後の日に、その感情移入の核は現われた。その日は、私の記憶のなかに開いた通気孔のように作用し、Hの記憶を吸いこみ、さらに、落ちないようにしがみつくある種の小動物の四肢にある吸盤と同じ仕組みによって、それを摑み取ったのである。無心。

二人が共有した原子について語るためには、ある奇妙な会の発足まで遡らなくてはならない。その会の会員たちはHの過去を知らなかった。Hがその会をつくったのは日本を出て二十年後のころで、会員資格としてはただひとつ、みな《被爆者》であることだった。十五歳になってすぐ、彼女はある家族に養子として迎えられ、侵略した国に飛んできた。彼女も原爆も、投げた人の手に戻ってくるブーメランの両翼のようなものだった。彼女のはなしによれば、新しく入った学校の友人たちの希望は、フットボールの選手、宇宙飛行士、学校の先生になることだった。彼女ひとりだけはおばあさんになるのが望みだった、遅かれ早かれ放射能の影響が現われると、病院の先生たちにいつも言われていたからだ。自主的に受ける美容整形手術のほかに、しなければならない多くのこと、生死にかかわる手術などがあり、わたしと知り合ったころも新しい病気にかかっていた。彼女が学びとったのは、わたしに対してもそうであったように、静かに、お茶を飲みながら、そのひとつひとつに対し、あたかもそれが最後であるかのように、扉を開くことであった。すべての病気を我慢強く受け入れてきたのだが、例外がひとつだけあった。自分のこどもを失ったことである。理解し難い原子のこどもであるが、それを失ったことは、女ならだれしも自分のこととして考えられるのだ。二十八日ごとにわたしから失われていくあの鉄分のような、現実的な喪失。今日になっても、Hの記憶は、ときとして、わたしの両脚のあいだ、赤く染まった生理用ナプキンに現われ、わたしはそれを地獄の排水溝に流し、こうして、死んでいった者たちも、生まれてこなかったこどもたちも、同じように溶解されていく。

年月が過ぎるにつれ、その喪失感はますますHを蝕んでいき、ある日ふと思いついたのが、同じような境遇にいる母親たちとの触れ合い、この敵地で、こどもの死を嘆き悲しんでいる女性たちの温もりが、心を鎮めてくれるかも知れないということだった。こうしてその着想をえたのだ。会の名称をあれこれ考えていたとき、米国人があの爆弾につけた名前以上に相応《ふさわ》しいものはほかにないと思い、〈リトル・ボーイ〉と呼ぶことにしたのだ、とHはわたしに話してくれた。

一日だけHと一緒にでかけたことがあり、東京の市場へ行った。朝早く出なければならなかった。ヒロオを起こさないよう、音を立てずにわたしが着替えはじめたのはまだ夜が明けるまえだった。いまだにその市場は東京に行ったら最初に訪ねてみたいところだ。魚が種類によって、区画ごとに並べられていた。こちらに活き魚のサヨリがいるかと思えば、あちらには鮭。緑色の広い区域が海藻類に当てられていた。トラックに載せられてクジラが運ばれていった。東京の市場は、その商品の配置によって、他の魚店でいうところの鮮魚コーナーを全部集めて組織した博物館のようである。その日、イギリス人の観光客が、西洋人の顔立ちを見つけて気持ちが動いたのか、わたしに話しかけてきたのを憶えている。別れ際に、わたしがHと話していたのを耳にしたと言って、わたしの日本語能力をほめてくれた。ほめられたのははじめてではなかったので、わたしはおかしくなった。Hとわたしは、英語だとわたしが思っていたことばで会話をしていたからだ。わたしは、わたし同様に英語をうまく話せなかったヒロオに英語を教えてもらったので、それは長いあいだ日本人とだけうまくはなしが通じる、勉強の努力があまり報われないことばだった。そのあいまいな言語が、ヒロオとわたしをつなぎとめていた観念的辺境の反映であることに思い至ったとき、わたしは笑うのをやめた。わたしたちは理解し合っていなかったのだ。二人がうまくいっていなかったというわけではない。文化の違いに原因があったというのでもなく、わたしたちの頭脳が、二つの異なる惑星の同じ進化の水準にあるためだと思われた。Hに対しても同じ感覚で、せっかく話してくれているのに理解できないことが多々あった。少なくともわたしが誤解していたのであれば、そう手帳に書いたであろうが、ほかの人となら、質問や議論になりうることが、彼女とのあいだでは、ヒロオの場合と同様、そこでストップし、異質の知性を敬う気持ちで、結局は諦めてしまい、離ればなれになるのである。

〈リトル・ボーイ〉の会がとうとう解散するのをわたしが知った同じ日、Hはほかの女性たちに自分の体験を話そうと何度も思ったのだが、容易ではなかった、と言い訳した。仲間が自分から離れていってしまうのではないか、自分が作った集まりから追放され、自分だけでなくほかの女性たちのために限られた体力を傾注したその計画から、見捨てられてしまうのではないかと恐れたのだ。わたしの前でも自分の場合に触れなかったのは、その同じ理由からだと思う。ただそうなる前は、〈リトル・ボーイ〉の会がすぐに母親たちの関心を集め、はじめに予想した以上の盛会になっていったのだ、と語ってくれた。

自分のメモ帖を見る。表紙に江戸時代の絵の写真が貼ってある。鯨獲りの絵だ。さぞかし海は赤く染まっていただろう。しかしその海の赤は陸の黄土色を和らげていたのであろう。日本の繊細な美学だ。この絵を見ると、Hが繰り返し言っていたあることを思い出す。日本では、家の中の漆の美しさが、建築に使われた木材の腐食を護っているのだと。ところがHはうわぐすりを塗るようなことはしていなかった。彼女の顔はありのままを示していた。原爆が残していったものをこれほど率直に語っているものはない。海を赤く染めた鯨たちの打ち消された血の色を、あの爆弾が暴き出し、こう言っている。われこそ真の絵筆、ウランの毛でできた絵筆。

Hは他人の声に注意深く耳を傾けていた。核爆発は《被爆者》の皮膚に傷跡を残さないことはあっても、その声には必ず痕跡を残した。これがHの口癖だった。彼女に電話をかけてきた最初の入会希望の母親について語るときも、その音声からはじまった。きれいな声だけれど乱れがあり、言葉の出だしが強く響くのを抑えようとしていた。Hの説明によれば、そのJの電話を聞いたとき、その声がはじめて自分の耳元に届いたのだということが信じられなかった。その瞬間、自分とそっくりな母親に電話線でつながっており、その口からはじめて発せられた声が自分のもののように思われ、吐く息もおそらくは自分のと同じ臭いがしているはずだった。わたしはHの呼気の匂いを嗅ぎ、次のようにメモした。歯根と臼歯のあいだから、生きている死者たちが吐く息。いまでも思い出すのは、核爆発後しばらくのあいだ、人は両腕を前に伸ばして暮らしていた、とHが話してくれたことだ。眼が見えなくなった人たちがそうしていたのは、生き残った人たちに道でぶつからないためだったが、眼が見える人たちも同じように前に伸ばしていたのは、火傷でべとべとする腕が胴体にひっつかないようにするためだった。

Jは原爆〈リトル・ボーイ〉による傷は受けなかったが、もうひとつの爆弾、雨にやられたのである。核爆発のあとに降った、あの黒い、濃い液体。人々は濡れるにまかせ、Jもまた、たくさんの人たちと同様、自分の赤ん坊の身を護れなかった。そのねばねばした液体を飲んだ人さえ大勢いたのだが、その一滴一滴に爆弾が仕込まれ、はじめは眼に見えなかったものの、やがてじゃがいものように芽を吹き、潰瘍と癌をもたらす機関銃が隠されていることなど、知る由《よし》もなかった。わたしはHが説明してくれたその再生能力に衝撃を受けた。長年にわたって事態はすべてそのように進み、元気だった人が、いきなり、いなくなるのであった。爆弾を素直に爆弾と信ずるわけにはいかなかった。その姿や動きは、生者と死者を見分けるうえでなんの役にも立たず、生まれて六カ月、健康そのものだったJの赤ちゃんは、静かに息を引きとったのである。

JとHは、公園のベンチではじめて顔を合わせた。Hの映画では、公園の木々に葉は一枚も残っていない。着弾の瞬間、地表温度は四千度に達した。太陽面の最高温度が五千八百度であり、千五百度で鉄は熔解する。頭部が三倍の大きさに膨れあがった塊のほかに、外を歩いていて、つぎのような証言をもたらした人たちがいる。爆弾が落ちてくるあいだ空を見上げていた彼らは、非常に具体的な言葉で言及する。ひとつの動詞―押える、複数名詞―両眼、もうひとつの動詞―飛び出す、もうひとつの名詞―眼窩。核爆発の日、学校をあとにしたHは、途中で出会った男たちや女たちが、眼窩から飛び出さないよう両眼を押えながら歩いていたのを憶えている。Hの両の瞳はあまりにも黒く、空洞のようだった。

〈リトル・ボーイ〉はHの部屋を訪れるたびにますます鮮明なものになっていった。Hが話してくれたことは一九四五年から一九六三年のあいだのできごとであり、すでに存在しないなにか、消えた太陽から届く光のようなものをわたしは見ているのではないかと考え、ときどき不安になった。あの核爆発以来、われわれ人類にとって闇という危険は存在しなくなったことをわたしは知らなかった。原子爆弾の父はさらに過激な光という希望をもたらした。最後の救世主である、理論物理学最大の神が、消し去ることのできないひとつの公式を分け与え、それによって核兵器が誕生したため、爆発に時間を要しなかったというよりも、まるでうさぎの交尾のような素早さでほかの国々を受精させていったのである。いまでは二万発以上の広島型原爆が存在する。二万を超える子うさぎがふいごを吹き放火魔となり、地球規模の火災を予告し、同じ太陽の射精のもとでわれわれを合体させようとしている。

Hは、それぞれ違う年に撮った被爆後の写真を何枚か、わたしに見せてくれた。驚いたことに、原爆が彼女の容貌をはっきりと変化させていき、あの八月六日月曜日以前の写真では見分けがつかないのだった。ひどく嫌いだった顔の造作を爆弾が思いきり変えてしまい、新しい目鼻立ちをもった輪郭が彼女に備わったのは、そのあとお金が充分たまってからで、それは外科手術の結果だった、と彼女は言った。わたしにはその告白があまりにも過酷に思われた。しかし、そのときわたしはまだ知らなかったのだが、Hは被爆前、すでに犠牲者だったのであり、それは彼女の近親者にも気づかれず、爆弾のみが彼女のありのままの姿を眼にしえたのであった。

写真に写っているHは美人だった。美しさをそのまま保っていた。わたしがはじめて立ち入った質問を彼女にしたのが、つき合いはじめてどのくらいの時点だったか憶えていないが、彼女の返事が親密さの度合いをはるかに超えた内容だったので、それを聞いて驚いたのは確かである。性的関係をまた持つようになったかどうかわたしは訊いたのだ。彼女は二人の男性とそうなったが、彼らはなにか驚くべきものを見たに違いないと言った。他人の女性器を見たことがないので確信はないが、手術が予告どおりの成功を収めなかったのだ、と彼女は考えていた。それ以来、からだのその部分だけは、医者にも、誰にも、見せたことがなかった。その通りだとすれば、思うに、病気はなにひとつそこから入り込まなかったはずである。Hの性器は核シェルターのように頑丈だったが、ただ残念なことに、そこには誰も入ろうとしなかった。

HとJのあいだにおのずと芽生えた共感から、ある種の熱意が生まれ、〈リトル・ボーイ〉の会が始動しはじめた。Hが言うには、その後会員となった母親たちのだれよりも、JはHに最大の信頼を寄せた人物で、それ故に自分の問題をJに隠したままでいることが難しくなった。Jは、悲劇に見舞われながらも、生きる意欲をもっており、家の壁や、家具、使いもしない玩具の後ろに身を隠し、縮こまって生きているほかの母親や女性たち、頼みの綱にしたい亡霊を追い求めて姿を現わさない女性たち、第二の死に泣き暮れるように不在の幻影に涙を流している女性たちと連絡をとるのに、一所懸命だった。

Sは仲間に加わった三人目の女性だった。HとJは連れだって彼女の家を訪ねた。ごく普通の家だった。死者を送って間もないときは、会員みんなが不吉な暈《かさ》に覆われ、人によってはもっとも遠い死と、人によってはもっとも若い死と重ね合わせたりしたが、全員によってそれは受け止められた。死とはそういうものだと皆が納得していたからだ。死が昔のことだった家では、すべてが正常に戻っていくが、家の調度品のなかでただひとつ、母親だけは例外である。Hのはなしでは、Sは精神の安定を欠いてはいなかったが、頑固で一本気なところがあり、〈リトル・ボーイ〉の会が、頭上の火の粉を振り払ってくれる人のように、自分が背中に負っている時間の詰まった袋を、自分の決まりきった生活を、少しでも軽くしてくれるとは信じていなかったようだ。彼女の居間は焼いた南瓜の臭いがした。Hが病院にいたとき聞いたはなしによれば、戦火に焼かれたかつての野菜畑から熟していない南瓜を掘り出す人がいた。

Hは入院していたあいだにさまざまなことを耳にした。ある男性は、被爆の一週間後、自宅に帰ったところ、建物のうちそこだけ残っていた敷地で妻の骨盤を見つけたと話していた。ところが、頭に残っているのはその光景ではないのだと、男はつけ加えた。夜な夜な眼がさめ、よみがえってくるのは、骨盤をバケツの中に収めようとして、手を火傷したときのことだった。七日経っても、まだ熱かった。Hが快方に向かいはじめたころ、彼女の骨盤は燃えているように感じられ、何かの理由でその部分の骨が他人にまさる熱を帯びているに違いないと思った。ところが、原爆のあと性欲はまったくなくなってしまった。自分の歳相応に、本能的欲求はマスターベーションで満たすしかなかったが、最後に感じた性の疼きは性的なものではなく、発熱によるものだった。意識をなかば失っていたはじめのころでさえ、からだが知覚していたことを、頭の中で理解できず、ひどく興奮した段階に達しても、はじめて知る状態が萎えていくころには、恐怖が滲み出てきて、それが鎮まるにつれ確認したのは、男の子に対して覚える魅力や感情は、元のまま変わらず、しかし性欲が失われていることだった。片脚を失うのと同じだった。切断された手足にも一定期間、ある種の感覚があったと語る被害者の例を知っていたので、彼女はその幻肢現象を期待した。それを根気よく待ち続け、幻肢の感覚はふつう失ってからすぐに現われるという説には、耳を貸さなかった。少なくともその意味では、幸運な自分を考えつづけていたかった。存在しない片脚に残る知覚は、なんの役にも立たず、一歩踏み出すきっかけとなったり、もう片方の脚に伴われていることもないのだろうが、切断された性器の知覚は、うずうずするオルガスムを引き起こすのに充分機能するだろうと、期待がもてる言い方がなされていた。この期待を諦めようとしていたとき、最後にせめてもう一度だけ感じてみたいと思った。しかしつぎからつぎと症候群にかかり、それを知るには至らなかった。美に栄え、ペニスをもつ、ギリシャ彫刻のように、ついに切断されたままだった。ミロのヴィーナスの幻の抱擁。

Hが語らなかったことをわたしが理解したのはいつだったたか、正確には憶えていない。思うに、なにか漸進的なもの、わずかながら吸収し続けていったなにかがあり、それが彼女のごく自然な告白をもたらすことになったに違いない。わたしは瞬時にすべてを理解したことをよく憶えている。彼女がまだ口に出して言っていなかったにもかかわらず、わたしたちは絶えずそれについて話してきた、という感じだった。彼女は口を閉ざしていたが、沈黙という、最も雄弁な仕掛けによってわたしにそれを語りかけていたようなものだ。そこでわたしはもときた道を引き返し、こう言い直すことにする。Hの苦悩がどこかにあったとすれば、それはギリシャのヴィーナスの幻の抱擁ではなく、ヴァチカンのベルヴェデーレにあるアポロンの失われたペニスであろう。ひとつはっきりさせておきたいのは、ほかの男性には苦悩であったかも知れないが、Hにとってそれは救いであった。Hがようやく話す気になったその日、わたしにはもうすべてわかっていた。わたしにとっては驚きでも意外でもなく、ただ頭の中には訊きたいことが山ほどあり、彼女はそれに答えながら、いくつかの点を明らかにしてくれた。こうして彼女は心の奥底への扉を開いてくれ、わたしはまえに性的関係について訊ねたときの気詰まりから自由になり、奥へと分け入ったのである。

自分は女の子だとHは常にはっきりと意識していたが、ペニスをもって生まれてきたので男の子として教育された。ペニスは、周囲の眼よりもむしろ彼女の意識と結びついて、発育しそうになかった。Hは生まれつき性分化疾患を抱えていた。つまり、第三の性としてのちに一般的に知られる人たちの仲間だった。生まれたとき、医者も両親も、いくつかの曖昧な特徴と、外見では判断できなかった半形成子宮という女性器官を無視して、男の子と決めたのだった。彼女は小学校では男子校に入れられ、生まれてから何週間か、混乱の原因だった性器は覆い隠されたまま育てられた。十二歳になるまで、Hにとって頭痛の種は髪型、制服、先生たちが立てる男としての将来計画などだった。しかし成長するにつれ、葛藤は服装や整髪から、別の内的変化へと進んでいった。男性ホルモンの一種テストステロンは、不活発ではあったが、思春期になって、学校の友達のように、陰毛が生えてくるのを阻害したり、睾丸での精液生成と並行して起こる外見上の変化をとめるほどではなかった。以前は服装の問題であったものが、固有の器官にかかわるものへと変化し、ある朝彼女は制服を着たまま起きることになった。Hの説明では、最大の心の傷は他人に着せられた衣服を脱ぎすてられないことだった。人からの押しつけが、糸を分泌する蜘蛛の腹部のように、彼女を誤った獲物として捕らえ続けていた。そして、からだを動かす範囲であるその蜘蛛の巣の中で、ちっぽけなペニスが左手の刺激に応えていたのである。小さな獣が性器に刺激を与え、あたらしい装置の性能を試していた。しかし、どろっとした精液が水鳥のような薄い皮膜に当てられた指に流れ出るやいなや、Hはその頂点が努力に見合うほど充分なものだったかどうか自問するのだった。

Hは自分でペニスを切り取ることを頻繁に考えるようになった。そのような考えは、ある種の空想に浸って心を休め、あれこれ考えをもてあそんで気晴らしをしたいという思いからだったろう、と二人の会話のなかで彼女は明かした。だからこそ、原爆が落ちてその考えを具現化してくれたことを喜んだ。だがその傷痕を容易に直視することができず、いつも、またその当時も、ひどく嫌っていたペニスを思い、何週間か泣き暮らした。長いあいだ仰向けに寝て過ごしたのは、布団と皮膚に挟まれてその小さな突起物が擦れるのを懐かしく思い出していたからだった。やもりから切り離された尻尾が、胴体を求めて最後のあがきをしているのを想像するように、失われたペニスのことを考えた。炭化し、生気を失い、ぐったりとしたペニスを思えば、痛みは少なかったのかも知れないが、想像していたのは、両眼を失ったとかげのように、からだを震わせ、広島の廃墟の中を探し回っている姿だった。

Hは、軽蔑していた尻尾がもう動かなくなったのを懐かしむ爬虫類のような寄る辺なさを、十年も感じていた。彼女の心は、喪失の安堵感と去勢の痛みのあいだを揺れながら、切除と、尻尾が別の器官として再生するのを見たいという希望とのあいだを縫って進む、裏道にあった。そして、外見は、人形の性器。ペニスでも膣でもない。被爆は睾丸にも影響を与えており、陰嚢の中で半分の大きさに縮んでいた。

すでにそのとき母親になりたいと思いはじめていた。広島の乙女たちの何人かが手術を受けた結果、母性を取りもどすことができそうだというニュースに注目していたし、また彼女たちの傷痕が目立たないようになり、社会的にも経済的にも庇護された体型を取り戻しつつあり、それによって、米国はいきなりご機嫌な国へと変貌を遂げていた。広島の乙女たちは風船や歓呼の声で迎えられた。Hは《これがあなたの人生《ディス・イズ・ユア・ライフ》》というテレビ・ショウがあったのを憶えていた。当時乙女たちにつき添って米国にきていた谷本牧師をその番組で見た。司会者は、たえず微笑を浮かべ、少年時代に遡りながら、牧師の人生を紹介していた。Hは谷本師が《被爆者》の身分できているることを知っていたので、まわりの人たちと同様、彼の証言を待ちかねていた。ところが司会者はいたずらに視聴者の期待を煽り、じらすばかりで、場面のあいまにはマニキュアのコマーシャルも入り、その商品名が、谷本師の聖職と共通する、**Hazel Bishop** というものだった。師は、唖然として、市場に出たばかりの、剝げにくいマニキュアが塗られた爪をご婦人がスポンジで擦り終わるのを待っていた。じらしやマニキュアに加えて、谷本師の人生物語にはある筋書が用意されていた。そのコーナーがはじまる数分前、セットにひとりの人物のシルエットが現われ、半透明のパネル越しに話しはじめた。司会者はあるサプライズが用意されていることを師に知らせ、まだ一度も会っていない人物との面会を告げた。パネルのうしろから登場する前に、影の人物は言った。《一九四五年八月六日、わたしは太平洋上を飛行するB－29の中にいました。目的地は、広島でした》。それはエノラ・ゲイの副操縦士、ロバート・ルイスで、今夜は師とともに同じテレビのセットに立ち、大勢の視聴者たちのまえで、友情の証として握手を交わしたかったのだと、司会者は説明した。そのような辱めを眼にしても、Hは広島の乙女たちを羨む気持ちを捨てきれなかった。養女にしてくれた家族から独り立ちしたとき、手の届くところにあった手術を受けはじめた。乳房形成と、女性らしい外観にするための強度のホルモン治療である。充分お金がたまり、核爆発によって受けた宣告を、膣形成によって確かなものにする決断と向き合うには、さらに十年の歳月が必要だった。

Hが〈リトル・ボーイ〉を組織したときは、すでに最後の外科処置を済ませたあとだった。スウェーデンでの手術とその旅費のため貯金を使い果たしていた。そのころ米国はまだ彼女が希望している最終的な手術を躊躇していたからだった。〈リトル・ボーイ〉の集会をはじめるにあたって、会員の母親たちはそれぞれ自分の体験を述べたのだが、Hだけは、創設者として、発言を控え、黙っていた。わたしに対しても避けていることはわかっていた。だからあのとき、難渋していたにもかかわらず、わたしに話してくれたのは、背中合わせになった硬貨の心優しい反面であった。Hが抱えている最大の苦悩は、彼女が失った、そして、どうしても納得することができなかった、こどもの姿とかかわりがあるはずだと直感でわかっていた。そこでわたしは、Hが話してくれるほかの母親たちの証言に耳を傾けながら、わたしをどこに連れていこうとしているのか察知するのに心配りを怠らなかった。

二十一年前Sは川岸にいて、二十二カ月になる息子が砂利の上を歩いているのを眺めていた。女の友人とおしゃべりの最中だったのだが、次の瞬間、彼女を捉えたイメージは、その後の人生を集約することになるものだった。朝八時十五分、小さな太陽の強い光が射す、眼の前の世界が、夜の闇へと変貌した。息子は一メートル先の地面で炎に包まれていた。だが、Hが話してくれた証言の中で、ひとつだけは、視覚に強く訴えてくるためか、メモ帖を見るまでもなく思い出すことができる。Kの証言だ。彼女は当時の広島では数少ないコンクリートの建物に住んでいた。三階にあったアパートの窓ガラスを拭きながら、彼女の母親が公園で孫のぶらんこを押しているのを見ていた。揺れているぶらんこから眼を離さず、雑巾を桶の水で濯《ゆす》いでいた。息子が祖母に押されて自分の方に近づいてきたかと思うと、またすぐに戻っていき、遊びは続いていた。彼女のはなしによれば、核爆発とともにこどもはぶらんこの揺れに合わせ上方へと放り出され、そのあと、破片と化したガラス窓を通して、わが子が空中から地面までの軌線に沿って変身していくのを目撃した。全身が、男の子の体型を維持し、空中に浮いたまま、黒こげになっていた。飛んでいたのはもはや肉体ではなく、人間の形に圧縮された塵であり、地面に落下すると、灰の雨のようにばらばらになった。そのとき空を飛んでいた鳥についても、Hは同じようなはなしをしてくれた。鳥は、羽ばたきながら、炭素の分子へと変化していった。鳥は、火に焼かれることも、からだに傷を負うこともなく、最も理にかなった変身をとげていた。努力も、翼も必要ない、永久の無重力、もっとも軽やかな飛行。

地上では、爆心地に近いところにいた人たちが、いわゆる原爆の影の中に、自分の姿かたちの痕跡を残して、消えていった。材質の違いによって放射線が異なる当たり方をしたその影が、寄りかかっていた壁や、腰を下ろしていた階段に残されていた。放射線が人のからだを貫通していった際、その表面を被っていたものが周囲から切り抜かれた形で残っていた。Hのはなしによれば、ある母親は、学校の塀に残った影を見て、それは自分の娘のものだと信じた。彼女は数カ月間その影を保存することに専念した。娘のすらりとした最後の姿勢を留めた濃淡が薄れてしまわないよう、考古学的な遺跡のように、風雨からそれを護ったのである。広島の復興がはじまり、その塀が取り壊されたのを見て、母親は日本を去った。

放射線が人体に与える影響は、身に着けていたものによって異なることは、当時わたしが読んだ、ヒロオがテーブルの上に置いていってくれた資料にも説明されていた。ある男性はぴったりとした着物を身に着けている女性を見て驚愕した。よくよく見るとその女性は、まったくの裸、皮膚のひとかけらも残っていない裸だった。着物は、色によって原爆の熱をさまざまに吸収、反射し、古い布地の花柄模様の跡が全身に残されていたのであった。谷本師も犠牲者たちの裸すがたについて語っていた。一見ぼろをまとっているように見えたかも知れないが、実際には自分の皮膚がぼろきれのようにぶら下がっているのだった。Hのはなしでは、一時期眼が見えなくなるまえに目撃した最後の光景のひとつは、治療に当たってくれていた女医が、靴を脱ごうとしたとき、脚の皮膚がそっくり、まるでストッキングのように、いっしょに抜け落ちたことだった。その当時まだ医師たちは負傷者をどう処置すればいいかわからなかった。原爆の身体への影響については進駐軍でさえ知識がなく、彼らがそれを知るようになるのはのちのことである。

Hの膣形成は当時の手術によって期待できる限りの成功を収めたが、同年代のペニスの挿入にはさすがに充分ではなかった。標準的な膣、大きさも構造も似た穴を求める旧石器時代のペニス。しかしHは満足していた。オルガスムをえられずとも満足だったのは、亀頭を失ったことがクリトリスの形成を妨げていたにしても、それは、実際に認識していなかった陰茎のオルガスムよりも、心理的障害が少なかったからである。しかしながら時間が経ち、母親になりたいという思いが募るにつれ、原爆が落ちたことを事実として認めざるをえなかった。核爆発があと十年おそかったら、彼女は人生を自分のこどもの存在とともに生きることができたかも知れない、と述懐していた。

〈リトル・ボーイ〉に最初に加入したJ、S、Kのあと、さらに六人がやってきた。総勢十人になった。すでに母親ではなくなった十人の母親たち。もぎ取られた十本の指が二本の右腕となって社会復帰しようとしていた。Hのはなしによれば、彼女たちには幻想のための幻想に似たものが感じられ、それを求めて会は動き出した。全員がその姉妹愛を基に、たったひとりのこどもの死を嘆き悲しむたったひとりの巨大な母親をつくりだそうというのである。回復する、という動詞が、ありえないこととして、それまで何度も否定されてきたのに、彼女たち全員のまとまりによって、ついに意味をもつことになるかも知れない、とそのときHには思われた。核攻撃を受けたときHは十三歳であったから、会の全員が、最も若い母親としての彼女の過去を聞きたがっていた。しかしHはいつも黙ったまま通し、それでもほかの女性たちは何カ月ものあいだその沈黙を受け入れていた。その後、ひとりになったとき、どのようなことばで過去を語ればいいか、Hは思案した。しかしながら、彼女の映画は、無声だったばかりでなく、胸に秘めておくべきものだったので、わかってもらうために映像で映し出せたらと思っていた場面そのものが、彼女自身の口を閉ざしてしまっていた。Hはそのとき、核爆発の数日後、壊滅した都市を支配していた徹底的な沈黙を想起していた。彼女がいた病院では、死に瀕した人たちも不平を口にしなかった。こどもたちでさえ泣かなかった。聞こえていたのは名前をつぶやく声だけであった。顔が破壊されて、誰が誰だかわからなくなってしまった身内を探し求めている人たちの声だったが、奇妙なことに、相手を見つけるのは探している人ではなく、探されている方だった。傷病の床にある者が、耳元に近づいてきて呼びかける声に「わたしです」と応える体力や意欲がないと、父や、子は、他人の耳につぎからつぎへ際限なくささやきかけていたからだ。

Hのはなしでは、禿げという男性的体質はホルモン治療でもどうにもならなかったという。三十歳を過ぎてからはかつらを利用するようになった。髪が抜けたのは、ほんとうのところ、男性的要素がもたらした若禿げだったのか、放射線の影響によるものなのかわからなかった。わたしのメモ帖には、「かつら」ということばに添えて、「ホルモン」と「放射能」を結びつける線が描かれている。日本の橋の形を思ってのものだ。アーチ型をしているために、橋を渡っていく人は異なる高さから風景を眺めることができる。橋を渡ることは、したがって、岸から岸へ移動する行為だけではなく、ひとつの風景にどれだけ多くの風景が含まれているかを眺める行為でもある。Hは男性から女性へと渡された橋であり、そのアーチ型によって、性の両端のあいだに存在するすべての人間を識別する存在であった。同時にまたHは、わたしと同年代の日本の若者たちが一九四五年八月六日、日本でなにが起こったかを語ることができない時代にあって、生物学的トラウマと原子力的トラウマとを結びつける存在でもあった。

ヒロオが置いていってくれる広島関連の本や書類のあいまに、わたしはインターセックス（性の発達が先天的に男性であるか女性であるか非定型的な状態）という問題に近づきはじめていた。とりわけわたしが興味をそそられた資料にどのようにして出会ったのか、よく憶えていない。それは六花チヨの連作漫画であった。その題名『ＩＳ』は、頭文字によってインターセックスを示唆したものである。十七巻におよぶこの漫画が日本で出版されはじめたのは二〇〇三年だったが、その第一巻だけが二〇一〇年にスペイン語訳された。そのような事情もあって会話のほとんどがわたしには理解できなかったが、描かれた漫画を見れば、そのところどころから登場人物たちの心の葛藤が直感的に充分読み取ることができた。あるコマで女の先生が女生徒たちに膣の画像を映写している。次のコマでは女生徒全員が顔を赤らめているところが描かれており、それが白黒漫画で赤面を表わす斜線による影で示されている。ところが、第一巻前半の主人公であるヒロミだけは別で、彼女は男性器を持っているにもかかわらずそれを隠すように言われ、女の子として育てられた、インターセックスだった。そのコマでは、ヒロミひとりだけ頬に赤面の影がなく、それは自分にない膣に恥ずかしさを感じていないからだった。

〈リトル・ボーイ〉の会を設立したHが、会員の前で説明できなかったことは、性分化上の障害ではなかった。彼女にとって女性としてのアイデンティティーはいついかなるときも意識しうるものであったし、他の会員たちにとってもホルモン治療や手術によってまったく曖昧な点は存在しなかったはずである。Hがどう説明すればいいかわからなかったのは、別のことであった。それは、他人には理解してもらえないことを恐れる気持ちと、自分の半形成子宮に対する自覚であった。この器官は、その目的には機能不全であることが妊娠の初期段階ではっきりするものであった。われわれは誰もが、受精後しばらくのあいだ、両性具有の胚子であるが、Hの場合、先天性副腎皮質過形成によって、性別が不確定のままとまっていた。男でもなく女でもなかった。男でもあり女でもあった。しかし、生物学を超えたところで、彼女は女性だった。基本的に女であった。核爆発の数年後、こどもを産みたいと切望するようになった。はじめは単なる希望だったものが、二年後にはこどもを身ごもりたいという切実な願いに変わり、こどもを産むためなら自分にとって可能なあらゆる手段を講じてもよいと思うほどになった。思春期を迎え、クリトリスがなかったために、ペニスを使ってマスターベーションをしていたころを彼女は思い出すのだが、卵巣もなかったので、そのペニスによって待望の子を作ることができるかもしれないと考えていた。睾丸、無月経、乳房発育不全、精嚢、それらはすべて、父親になるために設計されていることを示していた。しかし核爆発がその前に起こってしまい、当時はまだ若く、母親になりたいとも、父親になりたいとも思っていなかった。

HとJは〈リトル・ボーイ〉の会を半月に一回開くことにした。もっとも遠くからやってくる会員の交通費は全員で負担した。会の目的のため部屋をひとつ借りたのだが、何年も使われていなかった部屋だったので、数日かけてHが掃除をし、話し合いははじまった。Hが司会役をつとめ、他の会員がひとりずつ体験談を披露していった。被爆当時十三歳だったことがほかの女性たちの好奇心をしきりに掻きたて、Hが口を開くたびに、会員たちは唇の動きを追い、ことばが出てくるのを待ちわびた。

Hは最後に自分が話すときの方法を考えあぐねていた。その一方で、こどもを亡くしたその母親たちこそ、最もふさわしい、もしかすると唯一の、自分の話し相手なのかも知れないと思い、胸を膨らませた。Hのはなしによると、借りた部屋は、大きすぎる長方形の船のようであったが、母親たちのはなしごとに様相を変え、皮膚、河、爪、アスファルトになり、あるいは口が黒く汚れたこどもたちや、そうかと思うと、あちこち走り回り、笑いころげ、それぞれの腕に抱かれて眠るこどもたちの村へと、姿を変えていった。

日本にいたあいだ一度だけヒロオと映画に行った。わたしたちが見たのは滝田洋二郎監督の「おくりびと」であった。映画にサブタイトルがあれば、それだけ容易に理解できただろうが、それはともかく、いま考えれば、日本語に関するわたしのわずかな知識でも、数週間を経ることによって、人間の表情や、色、擬声語の直観力といった、文字が届かないなにかを読み取る、ある種の超感受性が育てられていたのだろう。他方で、以前漫画を読んだときと同様、「おくりびと」の映像の多くがその内容を明解に表現していた。それ故、最初の一場面を見て、衝撃のように伝わってきたものを、驚くべき偶然の一致として、すぐさま理解したのだった。納棺師になったばかりの若い主人公が、師匠に見守られながら、はじめての勤めを執りおこなっていた。日本の納棺師は、納棺の儀式にのっとり、故人のからだを整え準備するのが役目である。お湯で温めたタオルでからだを優しく撫で、ほぐし、清め、こうして死者を送り、そして迎えるという、二重の慈しみが込められた愛惜の儀式である。この場面では、修行中の納棺師が、若く美しい死者の家族の前で、その準備をおこなっていた。まるで生きているように見え、それは一酸化炭素による自殺という甘美な死によるものだと、死者の顔に見とれている納棺師を注視していたわたしに、ヒロオが通訳してくれた。納棺師は顔を優しく撫でていた。しかしそれは普通の撫で方ではなかった。軽く押しあてるように瞼、頬、顎を撫で、末端の筋肉を揉みほぐしているようだった。そして片方の手首をとって支え、体操をする前に手足をならすストレッチのように、硬くなった手のひらを甲の側に圧していた。からだがほぐされていくようで、それらの行為は人の終焉ではなく、逆に、目覚めと関わりがあるように見えた。死を覚醒させる行為は生を覚醒させるのに似ている。ちょうど眼を開ける前にヒロオがわたしを目覚めさせてくれるように。眠っている肉体を揉みほぐし目覚めさせる行為は、感覚を失った肉体を死へといざなう行為と同じだ。わたしに衝撃を与えた偶然の一致は、そのころ理解しつつあったHの過去の核心へと導いてくれるほど掛け替えのないものだったが、それはこの場面ではなく、次のシーンだった。納棺師は、親族の視線を浴びながら、ベッドカバーのようなものをからだに掛け、その下で若い娘の着物を脱がせていた。着物を取り去ると、それをベッドカバーの上に丁寧に広げ、今度はカバーを引き抜いて、安置された娘の裸体を着物で被った。これによって納棺師は布地の下に手を入れ、裸のからだに眼を向けることなく、肌を拭き清めることができる。娘の枕元には、湯の入った鉢が置かれ、納棺師は、小さいタオルを浸し、それを娘の胸のところに差し入れた。からだを清める作業が始まった。着物の下を温められた手の指が進むのがわかり、小さい動物の足が、密かに、地面すれすれに穴道を開けていくようだ。ところが、腹部の少し下あたりで、その手がとまる。小動物がなにかを見つけ、手で触れ確かめようとしている。紛れもなく、ペニスだ。指に触れたペニスに納棺師は驚き、誰の眼にも間違えようのない娘の表情、女としての顔立ち、長い髪の毛を、茫然と見つめ、立ちどころに、自殺を理解する。

ことばを要することなく、からだに触れただけで、とっさに見知らぬ人の自死を理解する、これこそHが求めていた理解の仕方であろう。ことばを欠いた意思の疎通は、この場合、内視鏡検査を例に説明できよう。そこでわたしが考えるのは、外科用チューブに取りつけられたカメラが、Hの膣口を通って子宮に達する場合である。Hが理解してもらいたいと思っている相手である、わたしたち全員が一室に集まっている。Hの子宮頸管を進むマイクロカメラの映像がスクリーン上に映され、わたしたちを巻き込んでいく。わたしたちはカメラになっている。いまのところ、見えるのはピンク一色だけ。ピンク色の地下道。その地下道の行き着く先に、Hの懊悩の理解という、問題の解決がある。しかし、いまはまだ待っている。上方から、天空から、接近しつつある爆弾から、臍の緒が吊り下げられ、空中を落下しながら、不規則に広がる街路の碁盤の目の一つを察知するのを待っている。こうして、急降下で接近してくるにつれ、広島を理解しはじめるのだ。

六花チヨの漫画で、ヒロミは、自分と同じインターセックスがほかに何人もいることをインターネットで知り、好きな男の子に振られないよう、睾丸切除による性の再生をおこなう決心をする。一般に去勢と呼ばれるもので、ペニスを切除したうえ、それを新しい膣形成に再生加工する手術である。そのため医師の診断を受けに行った日、ヒロミは産婦人科の分娩椅子に座らされる。その病院では、それ以前に、ペニスを間近から診るのに分娩椅子が使用されたことはなく、ヒロミは股のあいだから、医療チームの人数が増していくのを眼にし、複数の医師の指が性器に触れているのを感ずる。さらに、医学の材料として、写真を撮るフラッシュが光るのを見、診察している人たちから驚きの声がもれるのを聞く。そこに患者として寝ているのではなく、研究対象なのだ。このことから自然にわたしは、Hがアメリカ進駐軍の医師たちとはじめて会ったときのことを考える。彼らがそこにいるのは検査するためだけで、処置はおこなわず、吐き気とか幼児の下痢のような単純な病状に対しても、手を施そうとはしなかった。被爆者の一部は、マンハッタン計画〔第二次大戦中の原子爆弾開発計画〕の推進に、なにも知らず、協力していたのだ。のちに読んで知ったことだが、同計画の人体実験は日本人を対象にはじまったのではなく、核爆発の数カ月前、正確には一九四五年四月十日、人間が生涯にわたって受ける平均値の四十一倍のプルトニウムが、ある男性に注射されたのが最初だった。名前をエブ・ケイドと言い、五十三歳の黒人男性で、交通事故で負傷し、テネシー州オークリッジの米陸軍マンハッタン・エンジニア地区病院に搬送されてきたのだった。ケイドは致死量のプルトニウム注射を受けた患者十八人のひとりだった。

〈リトル・ボーイ〉の会は長年続いた。Hは自分の体験を語る方法を見つけられなかったので、ほかの母親たちとのあいだに結ばれていた絆を断ち切らないために、結局は嘘をつくことになった。こどもは放射能が原因で死んだのだと、Hは皆に語った。話すに足る死に方をしたこどもに涙を流す母親たちが羨ましかった。細胞核にしっかりと記録されているにもかかわらず、ついに現実とはならず、受胎するに至らなかったこどもという、真の喪失を説明するよりも、自分がいちど手にしたものの喪失を語る方が、ずっと容易であると思われた。だから嘘をついたのだ。ことばにするために嘘をつかなければならなかった。

Hは《被爆者》と言われていたが、自分で名をつけなければならないとしたら、《原子核妊婦》とでも呼ぶことになるだろう、なぜならB－29爆撃機が〈リトル・ボーイ〉を投下した朝、爆弾は彼女に原子の子を懐妊させ、それをからだでは感じていたものの、実際に眼にすることはできず、九カ月という懐妊期間の悪夢が、一生続くことになったのだから、とHは二人の最後の会話で話してくれた。

漫画に描かれたヒロミのはなしに戻る。ヒロミは睾丸のひとつに痛みを感ずる。スカートに手を入れそれに触れてみる。母親の日記を見つける。そこには、なぜヒロミという名前をつけたのか、それは仮に性が変わっても、名前を変えなくていいようにと考えたからだとある。ヒロミは手術を受ける決心をする。人工の膣を想像してみる。そしてまたこどものことも想像する。自分のからだから生まれてくるこどもたち。そこまで考えて手術をやめることにする。Hはヒロミのようになりたかったのだと、わたしは想像する。父親になること、それは父にも母にもなれないよりいい。父親になること、そのあと、母親に。だが原爆がその前にやってきて、ペニスと、こどもを、奪い去ってしまった。ことばにしてわたしにそう語ったのではない。わたしもまたことばでそう書くことはできない。わたしは別の内視鏡を通してそれを見たのだ。メタファーではない。内視鏡である。Hは両脚を開き、口を閉ざして語ったのだ。ふたたび、子宮頸管の、カメラ。鼓動の鳴り響く音がますます近づいてくる。その音は彼女の性器から聞こえてくるのではなく、ピンク色の壁面を映しているモニターからでもない。それははるか上空から、空気を突き破って落下してくる爆弾からだ。わたしはその装置が四トンを超える重量とともに、いくつかの数値を示しているのを見た。B－29爆撃機は離陸の際エラーを生じ、そのため乗組員は飛行中に爆弾の組み立てを行なわなければならなかったことをわたしは知った。そして、最後にモリス・R・ジェプソンの手が爆弾に触れるのを見た。震えてはいなかったが、怯えていた。ジェプソンは爆弾から臍の緒が垂れ下がっているのを知らなかったのだろう。わたしは臍の緒をたどり、上方に眼を向けた。九四七九メートルの、とてつもなく長い緒だった。Hの腹部をかすめていった。上空からは爆弾が落下し続け、地上ではHが待ち受けている。わたしもまた臍の緒が彼女の子宮で結合するのを予期していた。しかしながらHの子宮は半形成のままであった。緒は外側、存在しない子宮のちょうど中間あたりに、引っかかってしまった。爆心地を見ると、周囲が瞬く間に焼き尽くされていくのがわかった。上向きの穴の中で周りの流れを吸い込んでいる赤ん坊の脊柱。骨髄も、なにもない、脊柱。わたしは一挙に理解した。去勢を執行する爆弾が落ち、ペニスを切断し、睾丸も、希望も、こどもも、すべて灰燼に帰してしまったのだ。八月六日月曜日、爆弾はスピードを速め、早朝の、陽を受けた雲を突き抜け、落下していった。それは、まさに、朝の八時十六分四十三秒、Hの息を引き取ったばかりの赤ん坊が、泣き声を上げはじめようとしていたときであった。

海藻

深淵の灯台、ペドロ・テナ・テナへ

どのようなからだの動きをしても酸素を消費せずに済むよう、長年わたしは素潜りで鍛えてきたので、いまでは、外見はおとなしそうな女に見えても、六分までなら息継ぎなしで耐えられるようになった。記録をさらに正確に言えば、六分七秒だ。潜っているあいだ、わたしの思考は脳とは別の場所、もっと離れたところにあるような気がしている。どう思われるかわからないけれど、脳の活動はわたしの外でおこなわれていて、この肉体とはかかわりがない。だから、恐怖、喜び、悲しみといったどのような思いも、脈拍に変化を及ぼすことはなく、脈は空気の不足によって、次第に遅くなっていく。そこで、わたしが息をしているかどうか知るには二つの方法がある。ひとつは、わたしの鼻か口に近づいてみること、もうひとつは、私の思考がどこでおこなわれているか確かめることだ。

いまは普通に呼吸をし、考えている。わたしが息をとめ、心臓がもっとゆっくり膨らみはじめるその合間に、断層写真を撮ってみれば、わたしの脳の働きが、控えめながら、存在していることが写し出されるだろう。とは言っても、私を病院に連れていって、生の証しを確かめてみようとする者など誰もいない。それは、なんと言っても、わたしの手をとり脈を見ている医者が、大親友のイバンだからだ。彼こそ、共犯者として、わたしが水から引き上げられたときに死んでいるのを証明した、張本人だ。そのうえ彼は、幼馴染として、わたしの意向に沿い、通夜を取り仕切る指示を出している。

もしも海で死んだら、ろうそくに囲まれた暗い部屋で通夜をするのではなく、桟橋につながれた、このわたしのボートで、ひとりずつやってくる弔問客から、別れの挨拶を受けるのが、わたしの最後の希望だった、とイバンはみんなに知らせた。最後の挨拶が済んだら、イバンはもやい綱を解き、わたしを沖に連れていくことになっている。そして、わたしが燃えているのを見届け、帰ってきた、とみんなに報告する。夜が明け染めるころ、たぶん誰かの眼に、遠くから、なにか光るのが見えるだろう。それが、オレンジ色に、焼かれている、わたしだと思うだろう。彼らにとってのわたしの死は、わたしにしてみれば、新たな誕生だ。

人が集まりはじめている。その気配をわたしは聞いている。いまはまだ桟橋でなにやら溜め息をつき、囁き合っている。わたしは知らぬふりをし、じっと待っている。もう耳が聞こえなくなった人間のまえに立って、さて、どんなことを口にするのか、聞きたくてうずうずしている。ボートの揺れに身じろぎもせず、仰向けに寝ていると、かもめの鳴き声がいつもとは違う意味に聞こえてくる。いまは歌をうたっている。かもめは死んだ船乗りを美声で誘惑したセイレーンなのだと、わたしは思う。

最初にやってきた、あの聞きなれた足音は、叔父のだ。その重みでボートが右舷に傾く。少女だったころ、海の深みへの興味を掻き立ててくれたのは、この叔父だった。叔父が話している。「わしが漁をしているあいだ、おまえは水の中にいて、上がってくるまえに、ときどき船体を洗ってくれたり、スクリューについた虫や海綿をとってくれたものだ。その代わり、錨綱につかまって潜らせてやった。わしがおまえの小さなからだを、もつれる心配がないように、慣らしてやり、おまえはクランクを使い海底に着くまで下りていった」。ええ、その通りよ、叔父さん、そうやって落ち着いて潜っていくことを教えてもらったから、海の中にずっと長いこといられたの、わたしのからだは酸素をそんなに必要としなかったしね。その同じ目的でいつもわたしは水中で両眼を閉じていたのだと思う。眼を開ければ酸素を使う。見ることは疲れる。

イバンは桟橋に並ぶ弔問客が入れ代わる合間に、息継ぎの時間をとってくれる。なにげない振りをして脈をとり、わたしに異常がないことを確かめる。そっとわたしの手首に触れ、脈拍が正常であることを知らせてくれる。それは、わたしが体調を整え直し、息継ぎするのに三分あるという合図で、そのあいだ彼は桟橋から次の弔問客が来るのを待たせ、わたしの髪の毛や、まつげを整え、前の親族が戻すのを忘れた手を胸に置き直したりするしぐさを見せる。

この状態を維持するには、最後の別れの儀式を左右する、誠意と質素の、二つの品格が求められる。質素とは、時間の制約によるもので、すでに日が暮れているとはいえ、八月であることを考えれば、夜通し酷暑は衰えず、わたしのからだが、すぐに腐敗しはじめると思われるからだ。ほんとうのところこの時間的制約は、わたしの肉体の傷みとともに迫ってくるはずで、生の衝動、つまり、わたしの脳がふたたび酸素を要求するのにかかる時間と対応している。イバンとの話し合いで、ひとりの弔問客が別れの挨拶をするのに三分あれば充分だろうということになった。

呼吸の必要から解放されると心安らかな状態になるが、経験したことのない人にこれを語るのは難しい。この安らかな気持ちでわたしは次の人を待っている。入ってきた。すぐそばにいる。アルバ、わたしの名を呼ぶ。それにしても、珍しいことがあるものだ。わたしの知らない人の声。次のことばに注意を払う、間違いない。わたしはこの人を知らない。今まで聞いたことがない声だ。悦に入った調子で、こう言いはじめたとき、わたしは戸惑った。「おまえの腫れたセクス。ぼくはまだひりひりしている。眼が覚めたらおまえはもういなかった。何時間も探したよ」。静かに、息をとめたまま、平静を保たなければと思ったが、驚きのあまり思考がいつもの場所に戻ってしまい、なにが起こっているのか、声の主は誰なのか、憶測し、疑い、自問しはじめる。思い当たる人物はいない。ここが遺体安置所なら、女性の死体を取り違えたのだとも考えられる。でもいまいるのは港で、まだ明るい。男はそれ以上なにも言わない。ボートを降りていくのが聞こえる。

祖父が入ってくる。わたしには余計な人だ。さっさと行ってもらいたい。昨夜どこにいたか思い出してみる。セクスが腫れている感じはない。家にはいなかった。出かけたのだ。誰と一緒だったか憶えていない。不安になる。考えているのに、祖父が邪魔をする。幸い、手短にと言われているため、別れの挨拶をする人たちのことばには文章として非のうちどころがない完璧な模範ができあがっており、わたしと二人だけになると、言うべきことが凝縮されたものになる。祖父は一生かかって集めた軽蔑のことばを短く述べているが、クリスマスのときなど、感謝の祈りが終わるのを待っているうちにせっかくのご馳走が冷めてしまっていた。いつも離れて暮らしていたので、わたしを見知らぬ国の人と言う。死ぬときが来たら孫と呼んでくれるかも知れないと思っていたこともあった。だがもう心が痛むこともない。さっさと行ってもらいたいだけだ。

イバンは時間をとり、わたしが正常に呼吸し回復するのを待ってくれる。別の人が近づいてくるのが聞こえる。桟橋からボートに移るとき誰かが手を貸してやっているのを利用し、わたしはあらためて息をとめる準備にかかる。イバンが時計を見て、三分過ぎると、次の弔問客と代わるよう促してくれる。「ご覧の通り、この暑さですから、あまり時間がないのです」。

あの見知らぬ男が戻ってきた。彼のことばに耳がぞっとする。「ストッキングを忘れていったんだ。やっと見えるくらいの、小さな血の染みがついている。その贈り物に礼を言おうと思ってね」。横になっているのに、いまにも倒れそうな気がする。じっと、眼を閉じていると、秩序も無秩序もない闇の世界が、ぐるぐる回っているようだ。めまいがする。わたしのことをあんなによく知っているイバンなのに、どうしてこの事態をなんとかする気にならないのか。これまでわたしに男などひとりもいなかったことを彼は知っているくせに。ところがこの見知らぬ男に対するイバンの振る舞いときたら、ほかの知人たちと変わらないらしい。神経をいらつかせないために、これはただのいたずら好きがしていることだと思い込もうとする。結婚式の飛び入りみたいに、誰かが通夜の席に飛び込んできたのだ。たぶんわたしの名前をどこかで聞いたことがあり、知っているのはそれだけなのだと思う。

三分ほど呼吸をしなかったので、からだが酸素を欲しがり、それがいつもの無意識の動作、胃と喉のこまかな痙攣となって現われはじめる。七十数えるまでは危険に陥ることはない。見知らぬ男の存在で、痙攣の回数が増えている。だれかに気づかれないかとちょっと心配になったが、イバンが痙攣を隠すため顎のところまで通夜の布を掛けるよう指示してくれたので、安心する。顔だけを出し、両腕は胸の上に置いている。眼を開けて見たわけではないが、重い布だとわかる。それは死者に着せる白布で、見知らぬ男によって早まったこまかい痙攣を充分覆い隠すほど厚みがあることは知っている。

いとこのミリアムの声が聞こえる。わたしはもう返事はできないとわかっているはずなのに、いま行った男は誰なのかとわたしに訊く。ミリアムなら男の身元を知る手掛かりをなにか教えてくれるかも知れない。聞き耳を立てる。彼女もまた、みんなと同じように、わたしの死因は大方が予想していた通りだと思っている。ひと息でどんどん深く潜っていけば、やがては窒息することになるのだと。彼女は少女時代のことを思い出している。「小さかったころあんたは防波堤から海に飛び込み、あたしたちみんなは、あんたが潜っている時間を数えていた。あんたはあのブルーノみたいね、いっしょに潜っていた男の子が確かそういう名前だったと思うけど、ある日、水から上がってくると、頭が痛いと言って、卒倒してしまった。そして自分のからだよりもずっと大きい白い袋に入れられてしまった」。そうだ、わたしも憶えている、それからしばらくのあいだ、わたしは潜るのを禁じられた。陸で罰を受けながら、わたしはブルーノが入れられた袋の息苦しさを思った。こんな考えは意味がないけれど、あの見知らぬ男は、わたしがいまやっているように、あのとき死んだふりをしたブルーノで、わたしと同じこの歳まで成長したのかも知れない、と空想してみる。いとこは話し続けている。イバンがちょっとぼんやりしていたのか、いとこはわたしの胸元に唾を吐きかけ、声を殺して言う。「とどのつまり、いまあんたは袋に入れられてるのと同じよね。吐き気がするほど嫌な女。海の虫。腐ったあんたが巨大なイカみたいになって、外から中から、クラゲに刺されればいい」。

　だれかが顔を拭いてくれる、イバンに違いない。でも無言のままだ。たぶん水滴がかかったと思っているのだろう、わたしのボートは、安全にできているが、舷縁が水面から五〇センチの高さしかなく、港の桟橋につながれていて、ボラが尾を振っただけで中に水が入ってくることもある。髪の毛にいとこの唾の匂いがする。

　あの見知らぬ男が戻ってくるのではないかと心配だが、イバンは、男が何度も別れの挨拶にくるというのに、ボートから遠ざける知恵も働かないらしい。またやってきた。わけのわからないことをいろいろ言う。わたしのことが好きだとか。わたしの家族とは違って、彼だけはわたしが生きていることを知っているかのように話しかけてくる。知っているのだ。そうわたしに言う。「おまえが生きているのはわかっている。ぼくの体毛にはおまえから流れ出た体液のかたまりがまだ残っている」。それがほんとうなら、彼が間違っていないなら、彼の頭がおかしくなってないなら、いいのにと思う。知り合った日がはっきりわかるなにか証拠のようなもの、もつれを解く糸口がその日にあるような、なにかを期待する。なぜ親しい間柄なのかを、見知らぬ人の口から語られるのを待っている、この奇妙な感覚。

　祖母が入ってくる。手がかりを待っている苦痛が繰り返し襲ってくる。わたしはまだ死んでもいないのに、祖母はいつもしているはなしを変える。「おまえの母親もそうだったけど、潜水漁は、命取りになるとわかってた」。これだけのことばを、二度も繰り返し、黙ってしまった。三分のうち、まだ二分半も残っている。でも、なんて嘘つきなの、お祖母ちゃん。あの見知らぬ男にその口をナマコで塞いでもらいたい。わたしの母はあなたの息子から逃げていったのよ。わたしにしても、潜水漁はいつだって素潜りをするための口実だったのよ、それがまだわからないの。小さいころから、海底の岩につかまり、静かに、眼をあけないでいる必要があったのをあなたは知らなかった。だからしきりに言っていた。「おまえ、まさか魚を見るためにそんなことしてるんじゃないだろうね」。そうじゃないの、お祖母ちゃん。海底がどうなってるかなんてぜんぜん興味なかったし、魚取りだってどうでもよかった。深さによって増していく水圧を調べるのが好きだったの。肺の中で抱きしめられている感じがして。

イバンが祖母にもう別れを告げる時間だと言うと、いつも聞き分けのよかった祖母は、去っていく。

通夜の白布の下で汗をかく。死者は汗をかかないのだから、露見しなければよいと思う。汗が一滴腿を伝って流れ、蟻が歩いているようにくすぐったい。なにかプラスチックのような臭いが鼻をつき、いまになってようやく、帆が天然繊維ではないことにはっきりと気づく。体調を整えている数分のあいだ、あの闖入者のことがどうしても頭から離れない。血の染みのことを言っていた。いまその周期でないことはわかっているが、腿をすべり落ちていく滴《しずく》は、汗ではないのかも知れないと思う。

父も別れの挨拶にきた。いま帰ったところだ。耳を貸す気にはなれなかった。あの見知らぬ男のことを考える方がましだと思っていたら、また、横にいる。親密なはなしを聞かされたので、内心彼に話しかけてみる。父親が怖くてときどき夜眠が覚めるの。父親の考えはわかっている、あたしは中絶に賛成よ。見知らぬ男にわたしの声が聞こえたらいいと思う。わたしはこどもを欲しがってはいない。するとそのとき、わたしの手を取り、指の一本をすこし離して、指輪をはめているのに気づく。「おまえはこれも忘れていった」、男が言う。今朝探していたリングが指にはまっている。肌に触れている金属の輪が太陽の熱をわたしに伝え、身震いする。酸素不足のために、頭脳がおかしくなり、妄想に囚われ、わたしの意識が変調をきたしているのかも知れない。三分間呼吸をせずにいると、脳に障害が現われはじめると言われている。体内のすべての酸素を脳に送る方法を知っていれば、そんなことは起こらない。両手、両足、四肢は、もっと長い時間酸素なしでいられる。必要なのは訓練と集中だ。でもいまは集中できず、いらいらしており、脳内の酸素の循環が充分ではなく、この男は幻聴なのかも知れない。

あらためて空気を吸い、体調を整える。イバンが顔と、両手に触れる。彼のそのしぐさは、桟橋にいるほかの人たちの眼には、新たな告別の形と映っているのだろう。しかしなにかが喉を締めつける。姉の声だ。姉に脅かされても、もう意味がないとわかっている。その声はわたしの耳に届かないのだから、わたしは彼女より強い立場にいるはずだ。でも、最後にいじめられたときのことが、ときどき浮かんでくる。小さいころ、村の隣人にトカゲの卵をもらったことがあった。器に入った砂に埋めて渡してくれた。一時期その卵を観察し、器の中で孵化するように世話することが、素晴らしいことのように思われた。夜、ヤモリが庭の灯りに寄ってきて蚊を捕まえるのを見ながら、わたしのトカゲが、灰色の頭で殻を破り、生まれてくるのを想像していた。ある日姉がわたしに腹を立て、その器を壁に投げつけた。まだ小さいトカゲは、灰色ではなく、緑色で、ガラス片と飛び散った砂の中を不器用に動いていた。わたしははじめて動物が受けた苦しみに責任を感じ、助けてやらなくてはと思い、家の中に駆け込んで、トイレに放した。トカゲが排水溝に入っていき、わたしは、冷たい水がトカゲのひりひりする傷口に当たるのを、外から見ていて、うれしく思った。あの見知らぬ男にわたしの唇が切れていると言われたら、からだがひりひりする。舌先で傷を舐めてくれたらと思う。はじめてのことではないだろうし、舌が触れれば、わたしの肌が彼のはなしのすべてを感知して、肉体の記憶を甦らせてくれるかも知れない。

母親のことを考える。もしもここに来たら、あの男はだれだと訊くだろう。でも来はしない。なによりも自分で生きていく道を選んでくれたので、母が好きだ。母の強さを思う。聞くところによると、いまも男の世界で働いている。《アルゴス》号という船の船長さん。

予期に反してやってきたのは、もうひとりのいとこだ。ひと言もしゃべらないけれど、船の匂いで彼だとわかる。ここにいる。黙ったまま。いつも船室に閉じこもっているので、彼が現われたのは奇跡に等しい、あの見知らぬ男の出現と同じくらい、びっくりした。怖気づいている。ひたすら舟に乗り、ものを書いている。彼は羅針盤であり、物を書く機械そのものだ。わたしの好きな作家。だれも知らない人。わたしはときどき彼を訪ねていき、行く手を遮る悪魔どもを追い払ってから、船室に入る。想像力が人間を離れて存在するとすれば、それは、船内の彼の部屋、あの創造の船室にあるとわたしは思っている。できることなら、彼のベッド、彼の机、彼の絨毯で、水たまりの中の馬のように、わたし自身を磨き上げたい。しかし天賦の才は人に伝染しない。才能とは、誰にでも住み着くわけではないダニのようなものだ。

イバンがまた手首に触れ、次の弔問客が入ってくるのを知らせてくれる。黴臭い閉め切った臭いはいとこのうしろについていってしまい、わたしは外のせいせいした空気に戻り、あの見知らぬ男のことを考える。

父親が二度も入ってきて、これで弔問客も最後らしい。わたしの額に口づけする、わたしは吐き気を催す。このあとイバンはきっともやい綱をほどいて、打ち合わせた通り、このなじみの地から解き放ってくれるだろう。計画通り、なにもかも遠ざかっていく、出発に心が大きく浮き立つが、あの闖入者がだれなのか知っておきたい気持ちを曇らすほどではない。

父親がボートから降りていくと、わたしは視力を除くすべての感覚を開放し、状況がこのあとどう変わるのか気になり、びくびくしている。わたしのからだは、海藻のように、周りの動きに翻弄されるがままだ。あの見知らぬ男が話しかけてくると、手にしている海藻と同じ気持ちになる。湿り気の多いはなしに、からだがぬらぬらと動く。男にはこう言ってやりたい。「わかったわ。わたしのストッキングを持っていると言うのなら、ほんとでしょう。血の染みがついていると言うのなら、その通りでしょう。わたしは大きな声を出し、呻《うめ》き声を上げた。わたしのセクスが腫れていて、そのおかげであなたは痛い思いをした。わたしのことがそんなに好きなら、世界中のアザラシの排泄物を集め、わたしの家族全員に糞を塗りたくればいいじゃないの」。

わたしの思いを聞き取ったかのように、男が戻ってきた。不安になる。高まった緊張が骨格を組み立てる。いまや脊椎をもった海藻だ。全身の毛細血管に血液が勢いよく送り込まれ、肉体がしまり、筋肉が背骨を覆う。これまで海藻だったものが、緑色でもなく、ぐにゃぐにゃしてもいない。わたしは別のものになっている。これまでの海藻が珊瑚のようになっている。その瞬間、わたしは思い出した。昨日のことだ。海岸。夜。岩のところに見知らぬ男。体つきが好い。近寄っていく。明かりは男の釣糸の先についている浮きに灯る小さな蛍光のみ。男はクーラーボックスの氷の中から取り出した缶をわたしに差し出す。缶を開ける。ビールだ。着ているものを脱ぐ。男も裸になる。浮きの小さな灯りが潜る。当たりだ。魚を引き上げ桶に入れる。口づけを交わし、愛撫し合い、ビールと、体液のすべてを分かち合う。疲れ果てる。わたしは眠る。眼が覚めると、両腕、両脚、足の指を伸ばし、思いきりぽきぽき鳴らす。口を開け、大きく息を吸い込み、脳に酸素を送る。夜明け。彼は眠ったままだ。家に帰ると、身に着けていたものがなく、指輪を失くしたことに気づく。そのあとの、忘却。シャワーを浴びてからイバンに声をかけ、告別の儀式を終わらせる。イバンがもやい綱をはずしているのに、闖入者はまだわたしのそばにいる。わたしたちは港を離れていく。

彼

それが彼であると知ることは、物理的な識別は無理としても、わたしにはなんの違和感もない。それが彼でなければ、不快な臭いや、奇形に見えるもの、苦しそうな音から、わたしは離れる。しかし、連れてこられた日に彼の居場所と決めた、このベッドで面倒を見ているとき、その様子がわたしに吐き気を起こさせることはないし、もしその表皮でよければ、からだ全体に口づけしたいくらいだ。とは言っても、いまのところ手つかずに残っているわずかな皮膚は、湿り気の多いところに住む銀色の虫のように繊細で、ちょっと擦れただけで傷ついてしまう。体温計や、スープを口に入れてやるのに使う小さなスプーンについた、皮膚のこまかい薄片を、わたしはきれいに拭きとる。まつ毛のところには、微小な粒子が集まっているが、鱗のように、瞼から剥がれてしまう。

それでもまだ生きている。そして、それより重要なのは、ここにいるということだ。彼がいる。そう毎朝自分に言い聞かせ、眼を開き、このソファーから数メートルのところにいる彼を見る。そこにいる。彼が。今は、苦しみ、死、どんなことが待ち構えていようと平気でいられる。彼を探していた何カ月間かは、最悪の時期で、なにか連絡がくるのでないかといつも気を張り詰めていたが、それももう過去のことになった。だから、彼の様子はよくわからないけれど、見てみる気があるかと、アルトゥーロに訊かれたとき、彼をベッドに置こうとしているアルトゥーロとわたしを手伝いながら、近所の人たちがときどき眼を反らすほど、恐ろしいものを目の当たりにしていると思っていることなど、わたしは平気だった。

みんなが行ってしまったあと、アルトゥーロとわたしは彼を眼の前にしていた。二人とも黙っていた。アルトゥーロは部屋を出ていこうと歩きかけたが、ドアのところで振り向き、こう言った。「あと足りないのは歯だけだ。ぼくが忘れてしまったんだ。今週中には持ってくるよ」。

みんなと同じように、彼は爆発で歯を失くし、義歯を使っていた。もう三週間も前からアルトゥーロは持ってくるとわたしに言っているのに、まだ届かない。それはどうでもいい。彼の胃は食べ物の重さにも耐えられないのだから、どうせ必要のないものだ。

もう長いこと掃除をしていない。家具も埃だらけだし、窓から差し込んでくる日の光に埃が浮いている。口を開け、中に入れてみたい、どんな味がするのか、なにか栄養になるものがあるのか、調べてみたい。彼は口をなかば開いているので、粉状になった犬の毛や、靴についた泥、蚊の羽が、彼に養分を与えることにならないだろうか。でもこの埃はなんの味もしないし、匂いも、風味もない。見えるだけだ。

命として彼に残っているものはあまりにもひ弱で、彼の傍にいるときは身動きもままならない。足音で彼の呼吸を妨げないようにしている。息をする音は規則正しく、楽器でこの音を出してみるとしたらフラットのファ音というところだろう。だからその日に必要なもの一切を、朝から、一弦のバイオリンのような彼の、すぐ眼のまえにあるこの椅子で用意している。この状態でも不眠と睡眠の周期を保っているのかどうかはわからない。夜になると息の音は長くなり、もうバイオリンのようではない。ピアノのようだ、キーひとつだけのピアノ。

息の音を除けば、あとは静寂。彼が連れてこられた日から、中庭も静まり返っている。わたしが動作を最少にしている気遣いが、近隣にも伝わっているらしい。みんなつま先立ちで歩いている。わたしの立場になってくれているのだろう。昨日、協力を約束している人たちが2Bに住んでいる若い女性を連れてきた。わたしは会ったことがなかったが、そこの娘だそうだ。

医者が三週間で二度、往診に来た。彼よりもわたしのために来ているのはわかっている。額に触れ、瞳孔を診て、パンも少し持ってきてくれる。医薬品はまだ外国から入ってきてはいないだろうと心配している。彼を清潔にしておく要領をいろいろ教えてくれる。でも命は長くないだろうとはっきり言う。

彼を探していたときの不安はすぐに忘れてしまった。彼がいるのに、いまは心の慰めにならない。それでも今度は生きて欲しい。いまの苦しみの方が過去の苦しみよりもつらい。彼は一番若く、まだ発育段階なのだ。わたしの苦しみは青年期の骨のようなもので、大きくなりつつある。今こうしている彼を見ているのに比べると、見つからなかったころの不確かさの方がまだましだ。懐疑の方に逃げ込もうとしている。懐疑の方が希望より痛みが少ない。でも彼を見ていると、すべてが確信に変わってくる。彼の体重が確かさのひとつ。彼の体温が確かさのひとつ。熱は下がらない。身につけている体温計は死の測定器のようだ。もうはずすことにする。できるだけ知らない方がいい。

からだをきれいにしてやっているあいだ、彼は不機嫌だ。いらいらすることがあるのに気づいたのは、大きな一歩だった。たぶんまえにもこういう態度を見せたことがあるのだろうが、気がついたのは今日がはじめてだ。表情を変えることも、うめき声をあげることもないのに、強烈で独特な臭いを発し、それが茸の胞子のように部屋中に広がって、それと知らせてくる。からだを拭かれるのだとわかると、臭いを出す。なにか気に入らないことがある度に、臭いを出す。その臭いについつい怯えて、わたしは布を引っ込める。

いつまで彼を人間だと思いつづけていられるかわからない。生と死のあいだをさ迷っているようには思えない、むしろ死と物のあいだだ。だから、布が湿っているのを見ると、わたしのおしっこやうんちに似ているところがあり、つい独りごとを言う。「まだ人間のままだ。彼の排便を生の行為として祝福してあげよう」。

食事のあとはいつも、彼の口の手入れをする。指を一本曲げて、粘膜に沿って隈なく辿り、舌や歯茎をきれいにする。以前歯があったところの溝も忘れない。その刺激で唾液が出てくる。息ができるように二、三秒ごとに指を抜き、またつづける。潰瘍に触れてみると、だんだん小さくなっている。そのひとつに包帯をするとき、全身を縮こませる。治りつつある傷のところは同じように縮まらないのだろうか。わたしはうれしくなる。

自分が必要としていることにはどれも日々無関心になっていく。これまでは彼を見つけるために生きてきたけれど、ここに彼が来てみると、わたしは熔解してしまった。横になっていないのだから、起きているのはわかっている。二つのヘアピンで束ねてあるから、髪の毛を梳かしたのは知っている。ごみバケツに残り物があるから、食事もした。でも彼から離れたとき、ほかになにが起きているのかわからない。わたしは彼の中で生きている。死に瀕した人に育つバクテリアみたいなものだ。自分が飛び回っているのも知らない、腐肉に寄生するハゲタカだ。

今日になって出てきた、なにもなかったところから。昨日、彼のからだをすみずみまで調べたけれど、わたしの眼には入らなかった。からだのあちこちに出てきた黒っぽい潰瘍。泥の痕跡のように見える。夕方の散歩が苦痛だったに違いない。澱んだ水溜りの臭い、カエルの臭いがする。口で続けて息をしているとき、膜のようなものができて、喉を塞いでいるようだ。卵の殻の内側にある皮膜に似ている。それを引っ張ると全体がするっと抜けてくる。わたしの爪先で溶けていく。

連れてこられたときは裸で、からだを傷つけないためになにも着せなかった。皮膚が骨のあいだに弛《ゆる》んでいる。それでもスープには我慢できるようになったらしく、以前のスプーン五杯から、七杯に増えている。七口飲み込むあいだ、呼吸する音が途絶える。その上、脈拍も変化した。以前は手首に触れても、鼓動の感じ取れない一種の連続した流れで、水を手で握ったときのように、数えられなかった。それがいまでは鼓動の一つ一つが区別でき、回数が多すぎるけれども、数えられる。

医者の診断はまったく信じなかった。新しい病気で傷ついたからだに古い伝統的な知識を応用しようとしている。窪んだところをこうして物質で埋めているけれど、回復した例も知られている、はじめは人としか認識されていなくても、のちに男あるいは女と区別されるようになるのと同じだ。彼はまだ形を成していないが、食欲が出てきたし、急に空腹を訴えるようになった。スプーンを含ませてやると、放そうとしない。歯が抜けた歯茎のあいだに挟んでいる。顎も動いている。はじめて見られる運動だ。こうなれば確かに歯が必要になる。明日アルトゥーロを呼びにいこう。

昨日、息をする音が弱まりはじめた。それに気づいてわたしは心配になった。彼のからだが痩せ、透けて見えるようになってから、音もそうだけれど、みんな細くなっていくのが恐ろしい。気持ちが混乱したまま、彼を刺激してみた。いらいらさせて彼の反応をもう一度見ておきたかった。光が苦手のようだったので、カーテンを開けた。顔いっぱいに陽が当たり、抗議するように臭いを分泌した。

希望がまた湧いてきた。期待を胸に抱きしめる。体温計をまた信じることにする。実際、熱がおさまっている。アルトゥーロに知らせてもらった。今日の午後来てくれる。自分の眼で確かめるだろう。外見上は変化がないようだけれど、彼の食欲を見れば快方に向かっているはずだ。数カ月ぶりに、彼が自分で噛みしめる食事の用意をする。噛み砕くときに出す音を想像しながら下ごしらえをする。彼。いるだけではなく、これからも生きていくだろう。咀嚼しつづけるだろう。

回復はもうすぐそこまで来ている。「寒気がする」そう彼は言った。その声は耳慣れないものだったので、はじめは彼から出ている声だと思わなかった。すぐにシーツを掛けてやった。皮膚がその重みに耐えているようで、爪のない指で摑んでいるが、まるで布きれとは違うなにかをしっかり摑んでいるようだ。彼は戦いを挑んでいる。空腹も寒さも感じている。わたしの夫の誕生を驚愕しながら眺めている。

アルトゥーロは来られなかったけれど、隣人が歯を持ってきてくれた。ハンカチーフに包まれている。開けてみる。きれいにしてからつけてやりたい。食事を火にかけたまま、歯を水の流れに浸す。そのうちの一本は金色だが、まだ若いうちにそっくり抜けてしまったのに、そこだけ元の歯がなくなったように見せかけるために、そのままにしておきたいと彼は望んだ。

夕食の準備ができた。スプーンにとって冷まし、試してみる。最後に献身的に料理をしたのがいつだったか憶えていない。彼に食べさせようとして手が震える。咀嚼できるかどうかまだわからないので、スープが多めの少量の食事にする。鉢で流動食を砕くとき、固形物に当たる音がする。固形物の音は音楽に聞こえる。バイオリンの音からはなれて、固形物の世界、彼の音がする、見えない風の世界に入ってみたい。椅子に触れる。腰を下ろす。鉢を彼の傍に置く。食べ物はまだ熱すぎる。湯気が立っている。服のポケットから歯を取り出し、彼につけてやる。

口を開けさせるのがひと苦労だ。これほど抵抗する力を持っているのか、顎がなにかほかの理由で縮んでいるのか、わからない。興奮しているのを押し隠し、わたしは冷静に話しかける。その歯を彼にはめてやったら、ジグソーパズルの一片が画竜点睛の効果をもたらすように、男らしく、完璧な彼の顔をあらためて見せてくれるかもしれない。しかし、うまくはまらない。このジグソーパズルの一片は、均一な青い空をなす二千ものピースの一片のようだ。顎の骨はからだの損傷とは無関係なはずなのに、歯がぴったり合わない。頭の中にひとつの説明が思い浮かぶが、あまりにも馬鹿げているので、打ち消す。心を落ち着かせ、神経の興奮に負けないようにする。あらためて歯を見る。明らかに同じものだ。たちまちさっきの説明が脳裏に、今度は明確に、疑問の余地なく、戦慄となって、蘇る。彼ではない。七週間も面倒を見てきた男はわたしの彼ではない。ベッドにいるものの覆いをとる。叫び声を上げる。熱い鉢をつかみ、彼の胸にぶちまける。夕食が彼の傷口を焼く。ほんとうの彼を探しに駆け出す。また人探しだ。吐き気がする。憎悪。階段を大急ぎで駆けおりる。転倒する。起きあがる。くるぶしが痛い。長い通りが見える。片足を引きずりながら全力で走る。

あらし

勇者、ハビエル・バルディビエソへ

そうだ、よく聞く話だが、罪を犯したものが
芝居を見ているうちに、舞台の真実に魂をうたれ、
たちまち悪事いっさいを白状することがあるという。
人殺しの罪は、それ自身語るべき
口をもたぬとはいえ、不思議な力が
人に告げ知らせる。
――シェークスピア『ハムレット』(小田島雄志訳)

ヘレナは招待客一同に促され椅子から立ちあがった。この夜会を祝う挨拶を求められたのである。美味な饗宴の満足感と、心地よい酔いが加わり、その場には和やかな空気が流れ、会食者が十五人ともなればありがちな一種の不快感も、やすりで磨かれたように滑らかになりはじめていた。最初ヘレナは戸惑っているように見えたが、もったいぶった態度ととられたくなかったので腰をあげ、求めに応じようとした。

だれかが銀のスプーンでグラスをちんちんと鳴らして静粛を求め、ポーランドの大女優、ヘレナ・モジェスカが話しはじめたとたん、ぼくはすっかり魅了されてしまい、奇妙な事態にしばし気がつかずにいた。彼女は、ポーランド人の客はひとりもいないのに、母国語で話していたのである。みんな驚いて顔を見合わせた。彼女はうっかりしているだけなのだと、しばらくのあいだ

思い、われわれが当惑しているという合図を送って、なにを話しているのか理解できないことを彼女に知らせようとした。しかしながら彼女はその気遣いを無視し、母国語で話しつづけた。

ぼくはアメリカに着いたばかりだった。一八八九年六月のことで、その夜会がカリフォルニアの住人たちと接触するはじめての機会と言えるものだった。ぼくを招待してくれたのはハーレイ船長で、客船が接岸した港まで迎えにきてくれた。父の親友である船長は、すでに老境にあり、その年齢と、老練な船乗りに特有の過酷な人生で、枯れた人になっていた。ぼくを迎えにきてくれたうえ、アメリカで新生活をはじめるために借りた小さな家まで同行してくれた、それは、大変親切な行為に思われた。時間がなかったので、ぼくは玄関に荷物を置き、顔を洗い、航海中悩まされつづけたひどい船酔いを拭い去るのがやっとだった。祝宴に向かう途中、船長は夜会の主催者であるクラプロスキー伯爵とその高名な夫人ヘレナ・モジェスカの身の上について事細かに話してくれた。船長が強調したのは、女優であるモジェスカの並外れた才能と人気についてだった。ぼくを感動させたいという思いに加え、自分の交友範囲には軍人、商人、腹の突き出た開拓者より優れた人物がいることを自慢したかったのだろう。文化、なによりも文化がある……ぼくに言いたかったのは、つまり、そのことのようだった。

航海の最後の夜、船は激しい嵐に翻弄された。恐怖に震えながらぼくはこれまで唱えたことのあるわずかな祈りにすがりついて過ごした、硝酸の激臭のようにからだに沁み込んだその恐ろしさを、そのときまだ引きずっていた。だから、クラプロスキー夫妻の屋敷に着くなり、車の外に飛び出し、すがすがしい空気を胸いっぱい吸い込んだ。

その屋敷は、比較的簡素な造りだったが、屋敷のまえには、珍しい果樹や見たこともない植物に満ちた広大な庭園が広がっていた。旧大陸を思わせるものは数種類の薔薇だけだった、その荒々しい自然の空間には大変な手入れを要したに違いない。のびやかに歩きながら、大陸の恵みを楽しんでいると、若い女性が迎えに出て、建物の外見とは対照的な、堂々とした、金色に輝く、豪華な大広間にわれわれの到着を告げた。ヘレナを見たのはそのときが最初だった。ぼくは、スラックスに男性的な上着という、彼女の衣装に眼を見張った。女性が男性用のファッションを用いるのは当時まだ珍しく、招待された女性たちがパステルカラーのスカートやふくらんだスリーブ姿で着飾っているなかでひときわ目立っていた。彼女は、夫の腕に支えられ、ぼくに近づいてくると、ワイングラスを持って歓迎の挨拶を述べた。二人はぼくの旅について訊ね、嵐に会ったことを話すと、ねぎらいのことばをかけてくれた。しばらくすると、屋敷の裏庭に晩餐の用意が整ったようだった。

裏庭は正面の庭に比べるとずっと小さく、晩餐のために用意された長いテーブルだけで、庭のほとんどを占めており、日暮れとともに咲く花の香り溢れる大気の中で、親密な雰囲気が醸し出されていた。地の底からくる熱は遠ざかりつつあり、足元にはいまだ冷めやらぬしっとりとした温もりが感じられ、顔や胸には早くも夜の涼風が届きはじめていた。宴席にはきめ細かい配慮がなされ、大きな燭台も、会話を交わす客たちの視線の邪魔にならないよう置かれていた。ヘレナは上座に位置を占め、われわれは思い思いの席についていた。ぼくは彼女から五人離れたところにいた。挨拶をはじめた彼女の全身が見え、声もはっきりと聞こえる、願ってもないその距離に感謝した。

ワイングラスがちんちんと鳴ると、座は静まった。すでにろうそくが点され、その灯りは一日の名残の明るさに変っていた、ヘレナが立ちあがると、客のひとりが三つまたの燭台を取りあげ、テーブルの端に立つヘレナのかたわらに置いた。丈の短い太いろうそくが彼女の姿を下から照らし、その姿は、昇天の途中で静止した、天に召される聖母のような、背の高い天上人に見えた。

モジェスカが、全員の驚きをよそに、ポーランド語で話しはじめると、その声だけで庭園に比類のない一場面、完璧な舞台が創り出された。テーブルの、彼女からほんのすこしだけ離れた場所にいるにもかかわらず、われわれは、外国語の神秘的な、出だしのことばのリズムを聞くことができるだけで、彼女には触れることができない観客席に座らされているのだった。しばらく過ぎたところで、ヘレナはわれわれに話しかけているのではなく、演技をしているのだと気がついた。すると、夜会に集まった人たちのあいだに、彼女が演じている人物を言い当てようとする意欲が生まれた。こうして奇妙な競技がはじまった。正解を言い当てた人には、モジェスカからご褒美が与えられるかも知れない、神モジェスカが、オリンポス山から人間の姿となって降臨し、勝者に口づけしてくれるかも知れないという考えに奮いたち、われわれは謎を解明する必要に駆りたてられていった。女優の動作、声の響きが感覚を通して伝わってくるにつれ、対抗意識がわれわれを急きたて、ひとりまたひとりと、演劇界のすべての知識を想起する競技会に組み込まれていった。

オリンピア競技会は、もっとも単純なことからはじまった。これまで彼女を舞台におしあげてきたさまざまな登場人物のひとりの役どころを、いま彼女は演じているのだとわれわれは考えた。しかし、それは誰か。美女ヘレナはわれわれの想像の舞台に現われては消えていき、割り当てられた役に合わせて、着ているものを脱ぎ捨て、はるか昔の衣装に着替え、実にさまざまな女性に変化し、夫、子供、髪型、肌の色を変え、一度ならず花のつぼみから蝶のように飛び出し、新しい場面ごとに、われわれを別の飛翔の旅に誘っていった。

なんといってもモジェスカの名声は、シェークスピア劇を演ずるその才能によるものであり、それによってシェークスピアの最高の女優として評価されていたので、賭けの答えは、おどおどした声で、囁くようにはじまった。「レディ・アン」……「オフィーリア」……「ジュリエット」……ぼくは、シェークスピア劇を考えるなら、むしろブラバンショーの娘デズデモーナが、ベネチア刺繍をほどこした黒いビロードの衣装をまとい、純真無垢でありながら艶めかしく、城の寝室にいるところを、モジェスカが演ずるのを見ているような気がしていた。もちろん、ジュリエットではありえない、これにはほぼ自信があった。モジェスカが演じている女性には自己主張も、愛の使徒のような型にはまったところもなく、ぼくはむしろ、罪を着せられた女性、声の抑揚の中に、首を絞められまいとする女性が身の潔白を訴えているのを直感し、そこで思い切って、「デズデモーナ」と声をあげた。「私を殺すなら、明日にして。せめて今夜はこのままに」、そう夫に哀願していた……「半時間だけでも。せめてお祈りを唱えるあいだ」、そう嘆願していた……そして最後に、「私は潔白なのに死んでいく」……自分を殺める人の口づけと自らの死との間に立たされた、デズデモーナ、それはあくまでも誠実な女性であった。「ああ、デズデモーナよ、おまえは死んでしまった、おまえのその貞節のように冷たい、骸《むくろ》となってしまった。抵抗らしい抵抗もせず、消え去っていく」。

　モジェスカは誰も言い当てることができない役を演じつづけ、ぼくは血が暴風のような衝動となって押し寄せてくるのを感じた、それは航海のあいだ船体を叩きつけていた嵐のように激しかった。ぼくはあの恐怖を思い出した。乗組員の非常警戒の声、調度品がキャビンの壁を打ちつける堪えがたい虚ろな音、耳を聾するような雷鳴、そして大波が甲板を洗い流す轟音をあらためて聞いた。するとそのとき、ヘレナが話しつづけている中で、大海原の怒りを照らしていた稲妻の突然の閃光が、彼女の影をも映し出した、それは嵐の海を漂う客船のように、現われたり消えたりした。

その光景からまだ立ち直れないでいるとき、ひとりの男が顔をぼくの方に寄せてきた。夫人の爪が彼の腕に突き立てられており、ぼくの耳元で彼は囁くように言った。「オフィーリア」。オフィーリア……　彼女は、復讐心に燃え、野心溢れるハムレットに恋をしており、彼は、空想力がつくり出す以上の罪を頭に抱えていると告白する。「尼寺へ行け」、彼はオフィーリアに言う。「そこまでして罪あるこどもたちの母親になりたいというのか。私はまずまずの善人だが、自分に罪ありと認めるさまざまの事を思えば、母は私など生まなければよかったのだ」。ぼくはヘレナの方を見た……　オフィーリア……　そうかも知れない、だがオフィーリアはすでに自制心を失い、狂気の影を宿し、絶望のあまり、愛する王子のことばをぶつぶつと繰り返している。「おまえが結婚するならこの呪いを持参金として持たせてやろう。たとえ雪のように無垢な女であっても、この誹謗中傷からは逃れられまい」。しかし慈悲深い川の流れが、その嘘を消し去るために彼女の命を飲み込み、桎梏《しっこく》を解いた。それでよかったのだ。その嘘を耳にすれば誰もがその恥辱を子々孫々まで伝えていくことになっただろう。ハムレットの言ったことは正しかった、おまえは美しく、純潔で、誠実であるが故に、謗りを受けたのだろう。

突然、モジェスカに変化が起こる。会食者の誰かが大声で言う、「レディ・アン」。するとほかからも声が上がる、「イサベラ」、「ティスベ」……　グラスが倒れる。赤ワインの筋が、爪痕のように、テーブルに道をつけていき、座がしんと静まる、女優がその沈黙を破り、別の場面をわれわれの前に展開するのを待っている。一瞬、女優は失望したように顔をしかめ、ぼくはその仕草を現代劇のものと思った、だが、いったい、誰か、誰を演じているのか。するとどこかで声が上がった、「ノラ」。ぼくは記憶の中から、ぼくが知っている唯一のノラを呼び起こす。それは十年前、コペンハーゲンの王立劇場で誉れ高い女優ベティ・ヘニングによって演じられたものだ。間違いない、「ノラ」、ぼくも大声で言った、「ノラ」。人形の家に閉じ込められたノラ。人形だった彼女が、大きくなり、結婚する。未だに、父親の家で、小さくなっている人形、そこに子供の人形たち。一組のマトリョーシカ人形が、彼女の肉体を乾いた薪に変えてしまった。確かに、その表情がこれだ、潤いのない家庭ゆえに生気を失った材木の表情。「おお、ノラ」、ぼくは神経を昂《たかぶ》らせ、考える。「勢いある海流よりも水量豊かな、ぼくの命の水すべてを注いで、おまえを潤してあげよう」。するとモジェスカは、ぼくの内なる声を聞いたかのように、突然泣き出し、膝から崩れ落ちる。指先でテーブルをしっかりと摑み、哀願するような眼差しで、黒く長い髪が白い蠟人形を青ざめさせ、われわれに向かって、悲運の女王メアリー・スチュアートのように訴えかける。「私の存在のすべて、この人生、この運命は、私のことばと涙の力にかかっています。お願いです、溺れる者がむなしくしがみつこうとする切り立った岩のように、近寄りがたく、非情ではありませんように。この心を開いて、あなた方を感動させることができますように」。なおも哀願しながら、ヘレナがぼくの方に視線を向けたように思い、もしやぼくの心を読んでいるのではないかという疑念にとらわれる。暴風の怒りにあらためて襲われる。腰を下ろしたままでいようとしても、からだが勝手に立ちあがり、いきなり声が喉を突いて出る。「あなたは、神のようなお方、あなたを深く愛する者の心の内をお読みになることができる。ぼくをそうして見つめていてください、眼を離さないでいてください、この足が海岸に下り立つまであなたの灯台の光が消えることのないように、あなたの心優しき星がぼくの傷ついた船を生者たちのいる港まで導いてくれますように」。

自分のことばを耳にして意識が戻り、ぼくはまた腰を下ろす。ぼくは万座の注目の的であり、憎しみの対象だ。そしてまた、忘れられる。モジェスカの声が創り出す陶酔境にふたたび導かれ、あちこちから聞こえるはっきりしない声が名前を挙げている。ぼくはほかの人たちから遠く、退いたところにいる。ますます盛りあがっていく男たちの熱気や、女たちの厳しい眼差しから離れたところで眺めている。いくつかの声がますます幅をきかせるようになり、気の弱い声は飲み込まれ、賭けは常軌を逸したものになっていき、モジェスカの演劇人生とはまったく関係のない名前が挙げられる。しかしそのとき、ぼくは新たな感覚に目覚めた。ヘレナが語っていることを理解しているただひとりの招待客であるという名誉、その確信が今度こそ絶対であるという感動だった。彼女はぼくが平生を取り戻したことを確かめ、心の広い、寛大な口調で、ぼくに諭している。「そうです。この場の雰囲気にナイフを突き立てるようなまねはよしなさい。なにごとも控えめに。情熱の奔流、嵐、突風の中にあっても、表現を穏やかに、気品あるものにする、その節度は守られねばなりません」。わずかにうなだれて、そのことばを聞き、ふたたび顔を上げてみると、ヘレナの眼差しはすでに以前のものとは違っていた。その眼差しはぼくが座っている方に向けられてはいるが、まるでぼくが亡霊か遠い水平線であるかのように、ぼくを超え、通り抜けていく、その反響が弔鐘のように悲しげに聞こえてくる。

もうお亡くなりになられました、
お亡くなりになられ、ここにはおりません。
草木のかたわらの
牧場の芝のかたわらの
粗末な石が　わたしは見ました
あの方の顔を覆うのを。

「いいえ、違います。ぼくは死んでいません」、すっくと立ちあがり、ぼくは彼女に答える。ぼくは胃の腑に、同席する十五人の胃の腑の重みを感じ、凍てつく大洋によって消化が中断されてしまったのをおぼえる。そうだ、ぼくは海に落ちたのだ。無力な人間。波がぼくを押しあげれば、陸が見えるけれど、波が沈めば消え去っていく。広大な青が唸り声をあげ、喉が締めつけられる(それともこれは、ぎしぎし音を立てる、孤立無援の船なのだろうか)。恐怖の扉がひろびろと眼の前に開かれ、ぼくは岩にたどり着く。稲妻が一面の黒を白く照らす。「ぼくは救われたのか」。そうではない。「ひとりだけなのか」。それも違う。そのときヘレナを見ると、突き出た、ぼくがいる岩(それともこれは船首像だろうか)の半分を占め、いまだに理解できないことばで話しつづけている、その口が、それを解読するための救済の手をぼくに差し伸べることを約束する、と言う。「ヘレナ、ぼくになにを話しているのか言ってくれ。そのことばで心ない大波からぼくを自由にしてくれ、この難破船から救いあげてくれ、ぼくを騎手に、疾風のような騎手にしてくれ、この嵐から逃れ、おまえの胎内で草を食む憩《は》える馬にしてくれ。だが、ヘレナ、おまえはいったい誰なのだ」。ぼくはヘレナに近づき、その首に手をかける。テーブルでは誰ひとり身動きせず、しんと静まったままだ。ぼくに喉を締めつけられ、彼女は髪の毛を振り乱す。みな震えあがり、誰もぼくをとめようとしない。彼女の顔が青ざめていき、いっそう美しく見える。そしてまた問いかける。「おまえは誰だ」。彼女がぼくを見つめる、そして行こうとしている、入水するつもりだ、水に飛び込もうとしている、溺死しようとしている……　ヘレナの着ているものが幅広いふわふわの衣装に広がって、彼女をしっかりと水の上まで運んでいく、天を仰ぎ、ひな菊、いらくさ、赤紫色の長い花の冠を頭に戴く、それは素朴な農民には下品な呼び名で知られ、つつましい乙女たちは「死んだ女の指」と呼んでいる花だ。水の中で生まれ、育ち、まる一日水に浮いたまま、自分の不運も知らず、古い歌をきれぎれに口ずさみ、美しい詩句を繰り返しながら、われわれを謎の解明に心やさしく導いていく。「役を演じていたのではありません……ただのアルファベットです」、糸のように細く悲しげな声が言う……「初めから終わりまで、繰り返し、私の国ポーランドの、アルファベットを朗誦していたのです……」、そう明らかにして、ことばは終わる。「ああ、なんと素晴らしい女優。その才能はあなたの生涯をかけたものだ……」。ベールの中に身を休め、依然として漂いながら、物思いに沈み、雲に向かってことばを繰り返している。しかし、それも長くはつづかない。衣服が、水を吸い込んで重くなり、甘美な歌を中断させ、この薄幸な女性を死へと連れ去っていく……「ぼくが彼女を殺してしまったのだ」、ぼくは恐れを抱く。美女ヘレナは庭のテーブルに横たわっている。ぼくの足元で水が割れる。ぼくは生きており、濡れてもいない。ろうそくから滴がしたたり落ち、彼女の瞼の上で冷たくなっていく。嵐はおさまり、最後の別れの挨拶のような喝采が、はっきりと重々しく響いている。

記念日

ゆっくりと死を迎えたことをこどもたちに詫びた、
フランシス・ハスラム〔ボルヘスの祖母〕のために
わが兄弟姉妹、マリロ、パオラ、アルベルトのためにこんにちは、お父さん。あたしを快く迎えてくれるなんて、思ってもみなかった。きっとお父さんも、今日が二人にとって特別な日なのを思い出したから、そうしてくれたのね。想像していたほどお父さんの具合は悪くなさそう。もっと老け込んで、不自由なからだになってると思ってた。脳溢血で倒れたあと障害が残ったと聞いてたけど、ここ数カ月のリハビリが効いたんだと思うわ。

スーツケースをどこに置けばいいかしら。心配しなくてもいいのよ、あたしお友達の家に泊まるから。それに、あたし看護師には向いてないの。まあいやだ、あたしお父さんがまだことばを話せないのを忘れてたわ。無理しないで、気楽にしてて。お父さんがまだぴんぴんしてるとき、十五年もあたしに口を利いてくれなかったけど、しゃべれなくなったお父さんを前にしてると、誰だって堪らなくなる。お父さんこそ同じ気持ちよね。でも気に病むことないわ。時間とともに、慣れていくと思う。

あたし、こんにちはって言ったわ。誰にでもするいちばん簡単なあいさつ。でも、長いあいだあたしたちの連絡が絶たれていたあとだから、この「こんにちは」は別の意味に聞こえたりしないかしら。最初の一歩を踏み出したような大切な意味。あたしの意思とは裏腹に、「あなたが好き」と密かに告げている「こんにちは」なのかも知れない。

脳の静脈が破れたとき、どうしてもっと早く来なかったのか、お父さんは疑問に思ってるでしょうね。だって、あたしにその知らせがあったのは何週かあとだったし、それを知ったときも、漏れ出た血液があたしにも何らかの影響を及ぼすのではないかという恐怖を乗り越えるのに、さらに時間が必要だったの。あたしの血がお父さんの動脈から出てきたものだと考えると、とても我慢できなかった。夢の中にお父さんが破れかかったいぼみたいに現われてきて、その汁があたしの皮膚にかかり、からだじゅうが小さないぼいぼだらけになってしまうの。どうせなら、誰かがお父さんの睾丸を切り取り、海に投げ捨てると、海の泡から、むごい父親の女神となって、あたしが生まれてくる夢を見たかった。もしそうだったら、もっと早く来ていたかも知れないけど、いぼいぼの家系の生まれだと思うと、あたしはいてもたってもいられなかった。

実を言うと、あたし、お父さんが好き、愛情のかけらさえ一度も感じたことはないけど、小さかったころ別の大人たちから、「あなたが好き」ということばを人は使うものだと教えてもらった。それからのあたしはこのことばを身に着けようと思って、何度も何度も繰り返し使っているうちに、ある日そのことばを体で感じるようになったの、もう繰り返すのはやめ、口に出さないようにし、心に決めた人や限られたときのために取っておくことにしたの。今日お父さんに、好き、と言ったのは、わかってると思うけど、普通の場合とは違うからよ。今日は七月の十八日。あたしたち二人の記念日。

十五年前のちょうど今日みたいな日、あたしたち二人は縁を切った。十五年の絶縁状態は、長かったと思うけど、お祝いをしなければね。お父さんはもうお祝い済ませたの？　確かに口では言えないわね、でも、嫌かしら？　ああ、わかってる。そのからだじゃ、とても無理だもの。いいの、いいの、そんなつもりで言ったんじゃないから。気にしなくていいのよ。でも、もしよかったら、その椅子にかけて、今日の朝から、あたしがどのようにこの日を祝ってきたか、お父さんに話してあげる。

まずはじめに、あたしはなんの不安もなく眼を覚ましたの。

(父親は、足を引きずりながら、ピアノのところに行き、立ったまま、同じひとつのキーを、繰り返し叩く。フラットのファ音)

忘れちゃいないわ、お父さん。ピアノが弾けるのよね。こどものころ、お父さんがピアノを弾くのを見てると、お父さんは、手がオクターブ上を軽やかに滑っていくのに、耳に聞こえてくる音が、どうしてたった一音のように響くのか、あたしによく訊いてきた。お父さんの手にかかると、ソナタのさまざまな音声が単旋律になり、低音キーのたったひとつの、ゆるぎない声に変わってしまう。かわいそうにピアノは、十五年のあいだ、盆栽のようにその成長を抑えつけられてきたのね。そばにないのがずっと寂しかった。ほんとにきれいなままだわ。ピアノを撫でてもいいかしら。あまりにも馴染み深いものだから、手で触れると、木でも塗料でもなく、皮膚か産毛のような気がしてくる。

あたしの持ち物のうちこのピアノだけは、あの七月十八日、お父さんが表に放り出さなかった。そうよね。友達があたしを慰めようと思って言ってくれたんだけど、あたしのものと言えばまずこのピアノだし、十三歳で追い出されるまで、家の中であたしがいちばん手で触れてきたものだから、ピアノだけはそばに置いておきたいとお父さんは思ったに違いないって。でも友達のことばは慰めにならなかった。だってあたしは慰めようのないこどもだったし、それに、お父さんは、愚か者の例にもれず、ものの価値と価格の区別ができない人だった、このピアノが金目のものだということはあたしにもわかっていた。女の子の持ち物全部、あたしの本、あたしの玩具、あたしの写真、あたしのぬいぐるみ、底の抜けたごみ箱みたいな通りにお父さんが投げ捨てたあたしのもの全部集めても、比較にならないほど高価なもの。

お父さん、気にしないでね。お父さんのはなしはあたし聞かなくてもいいの。よく聞き取れないけど、ことばを発するのにどれほど苦労しているか、見てるだけで悲しくなってくる。気を楽にしてちょうだい。大切なのは気持ちだから。

あたしが二人の記念日をどのように祝ったか、お父さんに話して聞かせてるところだったわね。もう一度腰かけさせてもらうわ、長い旅だったのよ。ええと、なんの不安もない朝の目覚めからはじまったと言ったけど、それだけじゃなかったの。好きな男の人に触られるみたいに自分の乳房に両手を当て、まるでその男に、「おめでとう、なんの不安もない十五年だったね、おまえ」、そう言われてる気がした。そして、シーツにくるまったまま、あたしは囁くように言った。《ありがとうと言おう、結果と原因のこの見事な迷宮に、ありがとう、この比類ない宇宙を構成する被造物の多様性よ》。あたしをそんなふうに見ないで。お父さんのことはよく知っているし、いまなにを考えてるのかもわかってる。だってお父さんはなにかに感謝する気持ちなんて持ち合わせていない人だし、この宇宙を満たしている被造物の多様性に対する感謝なんか、なおさらよね。ほんとに、あたしお父さんのことよく知ってるから、もっと正確に言うことだってできる。お父さんは小さな動物はどれも好きだけど、人間のことは憎んでいる。こどものころ子守唄代わりに聞かせてくれたおはなしの出だしのところをまだ憶えてるわ、お祈りのように頭に叩き込めって無理やり言われてたから。「ある朝グレゴール・ザムザは不安な眠りから覚めたとき、ベッドの上で醜い昆虫に変身しているのに気がつきました。殻の形をした背中を下にして仰向けに横たわり、頭を少しもちあげると、出っ張った、褐色のお腹が見え、弓なりの硬い部分に分かれていました。からだのほかのところに比べて滑稽なほど小さい無数の足が、頼りなさそうに震えていました」。いま思うと、お父さんはその物語をおはなしというよりも魔法のつもりであたしに聞かせていたのよね。あたしは、もしかすると、眼が覚めたとき、自分がゴキブリに変身しているのではないか、お父さんはそんなあたしをひとりの女の子として見るようになるのだろう、と眠りながら想像してた。でも変身は一度も現実となって現われず、お父さんと別れて暮らすようになると、昆虫になるという願いは消えてしまった。あたしのからだは、お父さんだけが思っていた、殻をもった動物という望みを突き破って、若い女らしく成長していった。

(大きな陸ガメが居間を横切っていく。のそのそと動く爪が木の床を引っ掻く音がする)

あたしの七歳の誕生日にプレゼントしてくれた亀を憶えているでしょ? あたしのからだ程もある大きなやつ、それともあたしがそう思っていただけなのかしら。加熱ハムが大の好物だった。あたしは丸く開いた小さな口先にそれを入れてやるのが好きだった。床に放し飼いだったから、ところ構わずおしっこをしてた。その水溜りが大きくて、あたしには人のおしっこのように見えたわ。ある日、あたしがお人形で遊んでいると、手すりの下に潜り込んでいくのが見え、そのまま滑り落ちてしまった。表で叩きつけられるような音がした。プレゼントというものをしたことのないお父さんが、たった一回だけプレゼントしてくれたものが、ベランダから落っこちてしまった。あたしは走って下りていき、地面から拾いあげたの。とても重かった。壊れないものだと思っていたけど、ひび割れてしまった甲羅が、あたしの手の中でぽっかり口を開けていた。それでも亀はまだ生きていて、あたしを見ながら、身を震わせていたわ。お父さんはあたしからそれを奪い取ると、苦しむと可哀想だからと言って、冷凍庫の中に入れた。お父さんがなにかに憐みの表情を見せたのは、後にも先にもそのときだけだった。

でも、あたしたちお祝いをしている最中ですもの。冷凍された亀のことは忘れましょうね。笑いばなしをひとつ話してあげるわ。このあいだ町で聞いたんだけど、あたしには可笑《おか》しくもなんともなかった、だって、あたしには冗談どころではなく、小さかったころ、わくわくして、サーカスに連れていってとお父さんに頼むと、かえってくる返事とまったく同じだったから。その笑いばなしはね、こうなの。こどもが、「お願いだから、パパ、サーカスに連れてってよ」と言うと、父親がこう答えるの、「とんでもない。おまえのことを見たいっていう人がいるなら、家に来ればいいんだ」。

何年かあと、お父さんはお猿さんのような女と結婚することになった。お父さんはその人をお猿さんと呼んでいた。そのお猿さんは背が低くて、一日中、顔や腕を掻いて過ごしていた。日がな一日、自分のからだを掻いていた。ときどき、引っ掻きすぎて、小さな潰瘍ができてしまい、それを人まえで恥ずかしげもなく掻いていた。その腫物は心の奥の問題だった。原因がはっきりしないアレルギーに罹《かか》っているとかで、それが一種の紅白の湿疹となって現われていた。しょっちゅう掻いていたのは、たぶん、こどもができないことからくる精神の痒みか、不妊症による乾燥性皮膚炎だったのよ。だからそのお猿さんは、こどもをとても欲しがった。しかし子宝には一度も恵まれず、あたしがお父さんたちに捨てられると、そのサーカスはね、お父さん、こどもができないお猿さんと蚤《のみ》の調教師という、夫婦二人だけの一座になってしまった。

いまなんて言ったの、お父さん、一生懸命口に出そうとしているお父さんのことばがあたしには理解できないわ。そんなに大切なことなの。お父さんが頑張ってなにかぶつぶつ口ごもったり、喉につかえたりするのが、痛ましいというよりも、ことばにそれほどこだわる必要はないと思うの、どうせあたしを傷つけようとしてるんでしょうから。あのね、お父さん、もうずっと前からあたしお父さんを思い出すことなんてなかった。完全に空っぽの状態で、思い出そうとしても、なにも浮かんでこなかった。ところが、お父さんに会って、二人の記念日のお祝いをしようと決めて以来、思い出がいくつか、自然と浮かんでくるようになったの。例えばね、あたしを膝の上にのせて、こう話してくれた日のことよ。「病院の乳児用ベッドにいるおまえをはじめて見たとき、おれは自分に言ったんだ。もし十秒経っても泣き声もあげず音も立てなかったら、これは腫れもののようなものだと思うことにしよう」。もうわかったと思うけど、お父さんは、あたしに、自分が醜い女の子だと思わせることはできなかった、あたしはマスクをして歩くどころか、顔を見せびらかしたり、日によっては、今日みたいに、ミニスカートをはいたりするのが好きなの、だってあたしはこの脚が自慢なんだから。

(父親はピアノの椅子に腰かける。タブレットケースから小さな錠剤を一粒取り出し、舌下に入れる)

あら、お父さん…… まだ不安症に悩んでるの? お父さんの気が楽になるなら、お父さんは脳溢血で罰が当たったに違いない、と言ってやってもいいんだけど。お父さんに傷つけられた人たちだって誰も、こんなになったお父さんを見て喜んだりしないと思う。あたしのことなら、もうお父さんを赦してる。あたしは捨てられたその日に赦したの、だって娘から進んで離れていくダメ親父ほど、いい父親はいないもの。だからその記念日を祝おうというわけ。そう言えば、ほら、プレゼントを持ってきたわよ、あたしがいなくなったら開けてね。金色の小さな像で、「最良の父親に与えるオスカー賞」という銘が刻んであるの。あらいやだ、これじゃせっかくのサプライズが台なしね。でも、あたしのはなしの先を聞いてちょうだい。ベッドを出たあと、あたし朝食を用意したの。記念日だから、あたしがもってるいちばん美しい、細工入りのグラスを出して、ミルクをなみなみと注いだ。それを眼の高さにもっていき、ガラスを透かして陽の光をじっと眺めたの。グラスがとてもきれいに見え、顔のそばに置かれた自然光の小さなランプみたいだった。そのあと壁に思いっきり投げつけたわ。眼を閉じて、耳を澄ますと、静まり返っていた。お父さんの怒鳴り声もなかった。割れたガラスのきしむ音がわずかに聞こえ、どんな液体であれ注がれるのをいやがる容器といっしょくたにされるのはもうごめんだ、とでも言いたげだった。ありがとう、割れて輝いているガラスの破片があたしにそう言っていた、《金剛不壊のダイヤモンドよ、形のない水よ、ありがとう》。

（黒毛の、口輪をつけた馬鹿でかい犬が居間に入ってきて、娘の足元に座る）

お父さん、あたしときどき悪い夢を見るの。お父さんがお猿さんに死なれて（お猿さんはいまどこにいるの？）、あたしの家でお父さんの面倒をみなければならないという夢。お父さんの気性は年をとっても変わらないでしょうね。夢見の悪さが残っているあいだ、こどもを持つのはよそうとあたしは心に決める、するとからだがちくちくしはじめ、肌全体が紅白の湿疹だらけになるような恐怖に襲われ、またまた、母親になることにしようと思い直すの。違うの。お父さんにはまだ孫はいないわ。考えてみて、あたしは見かけより若いのよ、だってあたし生まれてなかったんだから、お父さんと縁を切るまで。お父さんに家を追い出されて、そうしてあたしはこの世に生を享《う》けた、十三歳のときにね。先生に俯せにされ、お尻を叩かれて、はじめてわっと泣き出した。歓喜の泣き声だったわ。そこにはあたしの友達がいた。あたしを揺りかごに入れてあやしてくれた、歌をうたい、育ててくれた。いまでもまだいるわ。血肉を分けた肉親。

あたしたちの記念日は、そういうわけで、あたしの誕生日でもあるの。だから、今日、七月十八日は、なおさらお祝いするだけのことがあるというわけ。いまふと思ったんだけど、お父さんが口に出そうとしていることばは、もしかすると、毒を含んでいないのかも知れない。たぶん、「おめでとう」というようなことば。それだったらプレゼントになるわ。あの亀以来、あたしへの二つめのプレゼント。いいことを思いついた。もしそんな意味のことばだったら、同意のしるしに頭を縦に動かしてみて。それだったら、これ以上無理をしなくて済むでしょ。わかったわ。そういうことばではないのね。

今朝、ミルクを入れたグラスを投げ捨ててから、着替えをして、十五年前の夏、最初に住んでいた地区へ朝食を食べに行ったの。そのカフェテリアから前に住んでいた家が見えた。しばらくのあいだ、入口のドアの開閉があまりスムーズじゃなかった。家の中に入るには、ドアを少し持ちあげて、ずらさなきゃならなかった。あの地区は物騒だと言われていたわ。それを真に受けて、寝るときは、枕の下にナイフを忍ばせ、部屋のドアのハンドルにはガラス瓶を仕掛けておいた。しばらくして、それを真に受けるのはやめにした。信頼するということを学んだの。匂いを感じるということをね。隣人が、真鍮のちょうつがいで、ちゃんと開け閉めできるドアを取りつけてくれた。そのころになると怖さは薄れて、夜のうちの半分は、安心していた。でも、今朝になって、この記念日の祝いに、もうひとつ感謝しなければならないことがあると感じたの。ドアを取りつけてくれた隣人にお礼を言いたいという気持ちが強く湧いてきたの。だから、ここへ来るまえに、その地区に寄り道したのね。相変わらず同じアパートに住んでいた。自分の名前を言って、その人を抱擁し、冬の寒さからあたしを守ってくれたそのドアのお礼を言ってきたわ。

それから、ひとまわりして、その地区からむかし通っていた学校まで行ってみようと思ったの。いい学校だったのよ、お父さん、途中でいろんなことが学べて。半時間ほど歩いて、十五年前に挨拶していた同じ娼婦たちに言葉をかけたりした。彼女たちは同じ木の椅子に腰かけ、すっかり老け込んじゃってたわ。その姿を見て、はじめてあたし気がついた、やっぱり陰毛も抜け落ちてしまい、絵の具でそれを描いているんだろうなって。記念日の幸福感に酔っていたあたしは、彼女たちに言ってやったの、あたしが住んでる町では完全脱毛が流行っていて、このごろは無毛のあそこを好む男が大勢いる、だから、わざわざ陰毛を描いたりするのは時間の無駄だって。ついでにエイズ・ワクチンの開発が遅れてるから、充分用心してねとも言ってやった。

(犬は、口輪が気になるらしく、娘の脚にこすりつけてくる)

もしよければ、犬の口輪をはずしてあげてもいいわ。でもねえ、お父さん、楽しそうな顔を見せてちょうだい。お父さんにも一緒に祝ってもらいたいの。結局のところ、あたしはそのために来たようなものなんだから。ほら、マッチ箱を持ってきてあげたわ。だってお父さん、マッチ箱を開けて上に放りあげ、床に落ちる前にマッチ棒の数をあてる遊びが好きだったじゃないの。白状すると、あたしそんなことが懐かしかったの。それにお父さんが編み出したことば遊びはいまも忘れないわ。ねえお父さん、この場でなにかことばを創り出してちょうだい。口で言う必要はないわ。書いてくれればいいの。ほら、紙とボールペンはここにある。あたしは何年ものあいだ、お父さんの造語を普通のことばだとばかり思っていたから、こどものころ、「墓を暴く」とはどんな意味なのか辞書で知る前に、友達との会話の中でそれを使っていた。それがどんな意味か自分で考える友達は誰もいなかった、あまりにもぴったり言いあてていたから。それらのことばは名指されたものの表皮だった。このところずっとそれを思い出そうとしてたんだけど、だめだったわ。この記憶喪失というのがね、お父さん、身に応えるの。ことばの表皮を失ったトカゲは苦痛に苛まれる。でも、書きたくないと言うなら、そうね、恋人とその死にまつわる古い物語詩を一緒に聴いてもいいわよ。あの曲まだ取ってある？　ほら、その歌詞を持ってきてるの、長いこと財布に入れて持ち歩いていたから、ちょっと皺になってるけど。もういちど一緒に聴いてみましょうよ、ただし今度は、たとえ頭に浮かんでも、節の終わりごとに脅かしっこするのはやめにしてね。お願いよ、お父さん。今日はお祝いの日なの。今日は二人の記念日なんだから、満ち足りた気分にならなければね。さあ、このワイン・グラスを持って、あたしと乾杯してちょうだい、《ゆっくりと死を迎えたことをこどもたちに詫びた、フランシス・ハスラムのために》。

（犬が立ちあがった。父親がまた口をもごもごさせる、前よりも辛くはなさそうだ。娘は調音点を探りはじめた父親の唇を見ている。いまになって好奇心をそそられ、どうやら期待もしているようだ。今度こそ父親はことばを発するだろうと思い、注意深く見守っている。父親の腹部が細かく痙攣し、エネルギーがすべてそこに集中されている、大汗をかき、呼吸を抑え、ことばのために、苦しみを乗り越えようとしている姿を、娘は注視している。しかしながら、ことばを発した瞬間、犬が頭をもたげ、唸り声をあげる）

なんて言ったんだかわからなかったわ、お父さん。唇が動いたのはわかったけど、聞こえたのは犬が吠える声だけ。一瞬、犬が外国映画の俳優さんの声を吹き替えたのかと思ったわ、子供向けの映画で、農場の子豚やいろんな動物が人間の声で話したりするのがあるでしょ、いまのはその逆。あたしはお父さんが話すのを聞きたかったけど、もうかなり遅くなったようね。そろそろ休んでよ、お父さん、頑張り過ぎだわ。品の悪いホームドラマをテレビで見ながら昼寝するときのために、そのことばは取っておいたら。お猿さんを呼び寄せてあげなさいよ。どこにいるのあのお猿さん。あたしはもう失礼するわ。でもその前に、ほら、このマッチ箱を開けて上に投げてあげる。どんなに本数が多くても、マッチ棒が空中にあるうちに正確な数を言いあてられるわよね。でも今日はマッチ棒を少なくしとく、あたしの方でその数を言っときましょうか。たったの十五本。十五本のマッチ棒、あたしたちの記念日を祝して灯された十五本のろうそくに見立ててね。お父さん、いまでも息を吹きかけることができる？　さあ、お父さん、願いをひとつ唱えてから、息を吹きかけるのよ。まだお願いすることがあるの？　ないの？　だったら、お父さん、息を吹きかけるだけにしておいたら。

ホモ・コイトゥス・オクラリス（視線性交人間）

永遠のナディア・マンスーリとアルトゥーロ・ロレンソへ

記録によればわたしたち二人だけが生き残った。最後の人間である。わたしとあなた、女と男、ほかの種の善意と、自主的な消滅によって、集団的に決定された連鎖の帰結。（あなたのボタンをひとつ外す）

あなたとわたし、最後に残った二人は、人間の再生産システムをそのまま維持することに同意した。多くの人が避妊手術を受けたが、全員ではなかった。その必要がなかったのは、わたしたちが受けた厳しい教育が、パイプカット、去勢、あるいは輸卵管結紮《けっさく》となって、有効に機能したからだ。あらゆる方法による避妊、膣外射精、禁欲という、もっとも厳格な躾である。（あなたの胸に手を滑り込ませる）

一台のカメラがわたしたちを撮っている。カメラは、すべての人が約束を守っていることを確かめ合うために設置されたものだ。もう出産をしない。こどもを持たない。しかし今日はカメラのうしろに誰もいない。誰にも見られていない。頭を起こしレンズに向かってほほ笑みかける。いつの日か撮影済みのフィルムを回収しにくるであろうこの宇宙の見知らぬ人に向かって、微笑する。悲しいかな、わたしの唇の自由自在な動きが、歓喜を意味していることは伝えられないだろう。(あなたの胸にある手を下腹部に下ろしていく。恥毛に触れ、ヒト科であるあなたのことを考え、柔らかくなめらかな、からだに産毛がわずかにある人間として生まれるために、多くの猿類の中で生き延びなければならなかったことを考える)

互いに熟知しているわけではない。見覚えがあるに過ぎない。しかし最後の世代の温もりを求めて、ここに集まってきた数少ない人間なので、結局は全員が顔見知りだった。顔見知りということは、眼を見合わせることと同じではない。あなたとわたしは、同じように何度も眼を見合わせ、そのことが、匿名とオルガスムの中へ、視線性交による心の親密な関係へ、二人を導いた。(手を下腹部からあなたの首へと這わせていく、あなたの血液が心臓から脳へ向かって流れるのと同じ経路。頸動脈のところで手をとめる。脈打っている)

考えてみると、ほかの人たちも老齢に至ったのかも知れないが、しかしそれぞれが隅に置かれた、子孫のいない、連鎖の決定的な断裂を撮影するカメラの下で、消えていってしまった。あなたもやはり片隅にいたのだが、頭を両膝に埋めていたわけではなく、数学の公式を用いてこの最後の光景を書いていた。まあすてき、あなたにそう言うと、砂をなぞっていた指をとめ、わたしを見た。あなたは輝いていた。(あなたの匂いを嗅ぐ。嗅覚は使わなければ退化するとわたしたちの祖先は予言した。わたしたちは鋭い五感をもちながら消滅していく。あなたはわたしの鼻息で鳥肌をたてる)

あなたはシシバナザル属の増大をその眼で見たことがある? この群れは、人口が減少していくにつれ、ますます大きくなった。このサルたちは頭を両膝のあいだに入れるが、雨が降るときだけだ。めくれて上を向いている鼻の中に水が入るのを、そうして防いでいる。あなたはそれを知っていた? 鼻のこの特殊な形態のために、頭部を保護しなければ、雨でくしゃみが出てしまう。そのくしゃみの音で、大昔、狩猟民は狩りをするとき、このサルの居場所を突き止めることができた。しかしあなたはシシバナザルとは違う、意気消沈して頭を抱え込まないから、ほかの人間とは異なっている。(あなたの手がわたしの背中に置かれている。脊柱に沿って上っていき、わたしもまた、直立した雌のサルになるために、多くの猿類から生き延びなければならなかったことを考える)

まあすてき、あなたにそう言って、わたしは自分の隅に戻った。そこからあなたのことを見ていた。六メートルほどの距離があった。あたしはおしっこをした。液体が筋となって六メートル流れていき、あなたが指を触れている砂地を濡らした。方程式の端の部分が消えてしまった。大切なものだったの？　わたしは謝った。（あなたは歯で、はじめわたしの下唇を、ついで上唇を引き寄せ、それを離すと、また下唇に戻る。目の前にあるものを構わずついばむ、わたしに構わずついばむ小鳥のようだ。いや。わたしを構ってくれなくてはいや、あなたにお願いする。わたしはわたしで、口づけをやめる、たぶんそれがわたしの口づけの仕方、わたしだって空腹から逃れるために空腹の人に口を寄せるのはいや）

　こどもたちは、それなりにたくましかったと聞いたことがある。わたしにはわからない。わたしが知らないのは、たまたまこどもを見かけたことがあっても、わたしもまた小さな女の子だったからだし、女の子として見極めがついたのは、大人たちで、いつも悲しそうに見えた。ところがこどもたちがいなくなってから、気軽に言われていたのは、子犬が増え、野牛や、鯨や、感情を持たない、あらゆる動物の子が増えたこと。それは確かなようだ。生命はわたしたちが放任する隙間ごとに再生し、蘇る。昨日わたしの隣にいた女がいなくなったと思ったら、その代わりに、もう芽がひとつ出ている。これからどうなるのか誰にもわからない。（あなたの黒々とした長い髪の毛に両手を差し入れる。指のあいだを少し広げ、爪の欠けた指先は、トリュフを探す雌豚のように、あなたの毛根を嗅ぎ分ける鼻面に変形している。わたしはあなたの臭いを嗅ぐ、髪の毛の先端、頭蓋のいたるところ、長く伸びた毛のかたまり、襟首や、こめかみに生えたばかりの産毛……　もちろん嗅覚はもっている。それも鼻だけではない。わたしたちの祖先は間違ってい

た)
　気をつけて。その芽を踏みつぶさないように。なにが生まれてくるのか、わたし、気になる。まだ知らないものに、懐かしさを感じるとは、どう表現すればいいのか。知っているものではなく、まだ見たことがないものに懐かしさを覚える。芽として生えはじめたばかりの木の濃密な影が懐かしいのは、おそらくきのこだけだ。未来もそう。未来も懐かしい、食べないと約束させられた未成熟の小さな魚。(あなたは乳房に口づけする、あなたに見せることができて、わたしは誇り高い。ほら。この見事な乳房を見て。誰にも見てもらえないものと思っていた。もう一度カメラにほほ笑む。それにしても、いつか誰かがこの記録を見つけても、わたしの笑顔の意味を伝えられないのはかえすがえすも残念だ。この二つの乳房が性にかかわるものだと、もしもわからなければ、それはかわいそうだ。やっとそのことに思いが至り、大きいのも小さいのも、豊満なのも貧弱なのもあると気づいたとしても、わたしのはこのとおり、手にその重さを感じる申し分のない大きさだ。そして、ちょうど真ん中に、乳首というものがあり、これもまた、美しいのも、醜いのもある。中には内側にへこんでしまうものがあり、なんの気もそそらない。ところが、わたしのはぴんと上を向き、こう言っている。あなたが愛撫してくれたら、ピンク色になる)
　物知りの誰かが、わたしたちにはもう時間が残されていないと言った。数百年前にほかの惑星を植民地にしておくべきだった、卵をたったひとつの籠に入れておくべきではなかったと。祖先の祖先のそのまた祖先は、人類の進歩の過程でいかに多くの種が絶滅したかについて話していた。そこから下された宣告は、せめてほかの種の絶滅に歯止めをかけるために、わたしたちに残された人間的な憐れみを通じて、不可避的にやってくる人類の絶滅を加速させることだった。(わたしを地面に仰向けに横たえ、するともうあなたは、中に入っている。警告の声が聞こえる。気をつけて。わたしたち避妊手術を受けていないのよ。でも、あなたのするに任せておく。せめて少しのあいだだけ、わたしの好きなことなのだから、そしてときめきの中で、思考が働く脳の一部を使い、考えてみれば、視線を交わして性交するためにわたしたちは多くの猿類から生き延びなければならなかったのだ。人間に備わったあらゆる属性のうち、なによりもわたしが痛切に感じるのは、わたしたちを絶滅へと駆り立てる憐憫の情よりも、伝道師のこの姿勢だ。《ホモ・ハビリス》。《ホモ・エレクトス》。《ホモ・サピエンス》。進化のどの段階で、人類は見つめる相手の網膜への挿入効果を発見したのだろう)
　わたしは生命を奪ったことは一度もない。もしかすると、おしっこの流れがあなたのところまで伸びていくあいだに昆虫を溺死させたかも知れない。これはわざとしたことではないが、わたしの足元にきたうさぎの首を捻ったときの、わたしの手首の動きは確かに意図したものだった。うさぎはもうわたしたちを恐れていない。なにもわたしたちを恐れていず、それがわたしにとって重要だというわけではないけれど、火を獲得するのにわたしたちがどれほど苦労しなければばならなかったか、それを無視するうさぎには、我慢がならない。(あなたがそんな動きをすれば、すぐに考えることはどうでもよくなるけれど、わたしたちの同類みんなが守ってきた約束は破るわけにはいかない。わたしはあなたから離れる。あなたの眼がわたしの眼の真上に開かれている。象のような睫毛をしている)

あなたは自分の隅に戻る。見ると、こちらに背を向け、申し分のない典型的な人間のように歩いていく。わたしは横向きに寝そべってあなたを眺めている。あなたはふたたび腰を下ろす。今度は小枝で砂に書きはじめる。わたしは少しずつ這い寄っていく。なぜ立ちあがりたくないのか、自分でもわからない。わたしの隅からあなたのいるところまで、足のある蛇のように忍びよる。あなたの足元までくると方程式が眼に入る。(記号がひとつ書いてあるところからあなたの股間の臭いを嗅ぐ。わたしの嗅覚はなくならずに残っている。面と向い合って、あなたの上に腰をのせる、あなたのからだはわたしの両脚に挟まれ、わたしのからだはあなたの両脚のあいだにある。あなたはまた入ってくる。再び警告の声。気をつけて。わたしたち避妊してないのよ)

あなたの最初のことばは沈黙の命令のようだ。「静かに」とわたしに言う。素直に従う。あなたを見つめる、頭越しにあなたが揺らしている山々が見える。わたしの内部で、山々を持ちあげた腕の圧力を感じているあいだ、その山々は動き続けている。先が手で終わらずに、小さな穴で終わっている腕だ。膨張している、それを引っ込めなければ、わたしたちの祖先の祖先のそのまた祖先から荒廃をもたらしてきたこの耐久レースで、精液を射出することになるだろう。確かだ。あなたは射精しようとしている。まだ間に合う。中途でやめさせるまでのことはない。両手を差し出すことだって、口を開けることだってできるだろう。だがわたしは、象のような濃い睫毛の下からあなたに見つめられ、あなたが矢を放つに任せておく。熱く射抜かれて、わたしは二人の死を嘲笑する。牙を抜かれた象たちの墓場の印である象牙をわたしは嘲笑する。象。眼を見合わせながら交尾することをいまだに学習していない、この古い無益な種族。

ミオ・タウロ

十四年まえ、わたしが牛の頭を持った男の子を出産したとき、新しい家畜を飼いはじめたのだろうと言われた。わたしは、息子と同じような父親とのあいだに生まれた子だと主張したが、その存在を誰も信じようとしなかった。人はものごとを単純化し、たったひとつのものなど、この世にはないと思っている。その結果、実際にわたしが動物好きなこともあって、息子の父親はその辺にいる牡牛だろうという噂が広まった。

わたしは息子に会わせてもらえず、息子は野に追われてしまったが、長いあいだ耳にしていたのは、見捨てられたにもかかわらず彼は生きのび、成牛となったばかりか、新しい種の組織の中で種牛として大きな存在になりつつあるというはなしだった。わたしの息子は、角を持った人間という野蛮な獣の子ながら、牧童のいない、内向的な、遊牧の群れの王のように、誇り高く成長していたのだ。

その群れを見た者はわずかしかいなかったが、ときおり村に新しい噂が届いた、それは、遠くの、知られていない、切り立った岩山から、人身牛頭のミノタウロスを見たというものだった。どのはなしも一致していたのは、群れは確実に大きくなりつつあり、去る五月以前に確認されたのは、人間のからだに、猛々しい牛の頭を戴いた、二十あまりの動物だった。

もしもその群れがどこかで草を食み、わたしの血肉を分けた子孫が直立した牛の集団の中で増えていることを知らなかったら、わたしは、村の家、道路、性的活動の要素の一部として、わたしを社会復帰させるという村人のたくらみにおそらく屈していただろう。しかし、わたしにはみな口を閉ざしていたにもかかわらず、その特異な血統の存在は威力絶大で、わたしの耳にも届いていた。

確かに一部の人たちはミノタウロスを伝説の種族としていたが、探索の秘法にこだわった人が、ついに彼らを見つけたと言われていた。さらにはライフル銃を背負い、その標本を捕獲するという夢に駆られる人もいた。ところが、牛の頭を壁に飾るためには、先ず人間を、人間の裸の胸を銃で打ち抜かなければならない……　しかも、猟師が十字型の照準器で狙いを定めようとしたとき、若い仲間の胴体に幻惑され、瞼がなぜかとろりと垂れさがってしまった。

最初のミノタウロスを捕獲したとき、誰も発砲する勇気はなかったが、だからといって、その戦利品を放棄したわけではなかった。その頭部を隠した動物との対峙を正当化する恰好な理由を見つけたのである、広場で闘牛をさせようというのだ。わたしがその闘いのために選ばれた。わたしは闘牛の技術に長《た》けていたが、それだけではなく、わたしを、愛するものと対決させ、並の牡牛のように殺させて、わたしに罰を与えるのが、なによりの理由だった。結論は明らかだろう。もしも動物としてわたしの剣に屈すれば、彼の死は悲しみの対象とはならないだろう。逆に、人々が罠だと知りながら、わたしを敵対させようというのであれば、わたしは彼の生存権を認め、その牛頭は忘れて、人身のみを信じなければならないだろう。

　五月七日であった。しかし春の大祭と銘打つからには、皆が期待していたものだけでは収まらなかった。わたしが二番目の子を身ごもっていたために、皆は賭けをし、だれもがわたしの顔ではなく、大きくなったお腹に眼を向け、その形を詮索して、どのように育っているか、お腹の中にいるのは男の子か、それとも抹殺されようとしているあの人身牛頭とのあいだに宿した獣なのか、突きとめようとした。わたしは無言のまま押し通したが、もう二度と人前に姿を見せるつもりはなかった。この手で、生まれてくるものの臍の緒を切り、胎盤を噛み砕いて、自分の肩に担ぎ、その群れの足跡を辿り、野生の、その集団がわたしに与えてくれる行動力に、身を委ねる覚悟だった。

父親への手紙

この手紙は、あなたのところに届くころ、絶えずわたしに求められてきたあの人間性とやらの最後の表明となるかも知れません。この手紙を書くのはそのためですが、わたしをあなたに似せようという試みにおいても、ことばはわたしにとって、はじめから違和感のあるものでした。何年か努力してみましたが、昨日になって、言われていることが理解できない瞬間にぶつかり、今朝は、自分の名前がわからなくなりました。この手紙を、わたしがわたしの母語で記す別れの挨拶、犬が蚤を振り払うように、わたしがことばから逃げ出すまえにできごとを紙に書き記す最後にしたいと思います。

とは言っても、ここまで書いてきたことは多分あなたには理解できているでしょう、話すことだってできるかも知れません。あなたの舌はその頭部にある限りやはり牛の舌だと、長いあいだわたしは考えてきました……　でも、人間としてのなにかも持っているはずです。闘牛の日、その命を救うことになったあのことばをはっきりと発音することができたのですから。それはあなたが発したただひとつのことばで、そのかけがえのない別れの挨拶をわたしに残して、あなたは逃げおおせたのです。誰も阻止しようとはしませんでした。闘牛場にいた全員が、裸のヒーローの敏捷さで柵を乗り越え逃げていくあなたを見ていました。

あのことばを別にすれば、一度もあなたからほかのことばを聞いたことがありません。ですから、もしもことばがあなたを傷つけるのであれば、どうかお赦しください、あなたのおそばにいる限り、わたしはことばを忘れ去ることにいたしましょう。このからだについてもお赦しください、あとに残していくわけにもいかず、とりわけこの顔、女としてのこの顔は、不運にも、美しさとまれにみる色の白さに、みんなが見とれるほどでした。

息子への手紙

愛しい息子よ、おまえを身ごもったとき、わたしはまだ人間の世界に居場所を求めていました。そのことが間もなく生まれてくる二番目の子とおまえとの違いで、身ふたつになったあの出産の夜を思い出すとき、わたしはおまえに話しかけるべきだったと思います。どう言えばいいのでしょう、おまえの弟が生まれてくるときには、多分わたしは牛の鳴き声を発するのみです。ところがおまえが生まれたときには、わたしはまだあれこれ言い訳をするつもりでした、だからこの手紙は、わたしの弁解の名残り、パンくずのような細かい字の最後の一行というわけです。

村の寛大な人たちはいつも、わたしのことを病気だと思っていました。そんなことには耳を貸さなくていいのです。わたしは元気なのですから。あの人たちがそう言うのは、牡牛にこの身を護ってもらうのがわたしは気にならないからであり、わたしの生理が、思春期のころから、牝牛と同じ周期でくるからです。だからわたしのことを、人はテルネーラ〔牝の仔牛〕と呼んでいます。おまえが名前で呼ばれることはありません、おまえに名前をつけることさえしなかったのです、おまえを出産したとき、わたしはおまえに会わせてもらえませんでした。でも、おまえを六年間探したことは信じてください。おまえを見つけるための手がかりは泣き声だけだったので、わたしはそのころ四六時中、頭もお腹も空にして、聞き耳をたて、奪われた子を探そうという一念で頭がおかしくなってしまった小動物のように暮らしていました。小動物と言いましたが、みんなはわたしをはっきり動物と呼びます、五月七日からはなおさらで、その闘牛の日、仕組まれていた犠牲的行為にわたしは背を向け、驚いて口がふさがらない観客と手を組み、闘牛士のように剣を突き刺す代わりに、動物的なあることをしたのです。人は驚きましたが、わたしを動物と呼んだのは彼らの方です。動物がしないようなことはなにひとつしませんでした。

いま家畜のはなしで持ちきりです、おまえたちのことを言っているのです。わたしもおまえたちをそう呼ぶのが、好きです、おまえたちは牧場の違いを示す色リボンが気に食わないかも知れませんが、わたしが手にした最良のものです、わたしの家族です、そして、おまえたちを見つけるまでは、子から引き離されたひとりぼっちの若い牝牛にとって、将来を約束された新しい種です。

父親への手紙

あなたや牡牛もさることながら、わたしの色の白さが皆の噂の種です。わたしの肌はブルターニュの昔の女王のように白いという噂で、ワインを飲むときなどみなそばに寄ってきて、赤い液体が落ちていくにつれて、わたしの喉が青く透けて見えるのを不思議そうに眺めています。そのうえ、この白さにはわけのわからないなにかがあって、日焼けもせず、染みにもならず、いつも素顔のままなのに、日に晒されれば晒されるほど、白くなっていくように見えます、わたしの住んでいる村では、身を護るものといえば屋根くらいなものですから。この特異体質にもかかわらず、わたしの外見から、若い牝牛というよりも、女だということに誰も疑いをもたないようです。そこで、お腹にいる子の父親であるあなたを殺し、わたしの動物好きをきっぱり忘れさせようという計画を考え出し、この自然の中でわたしを鍛えなおすことにしたわけです。九カ月ほど前の、五月のあの日、近隣の人たちを闘牛場に呼び集め、わたしたち二人の苦闘の証人にさせようとしました。わたしはあなたが誰なのか気づかないだろう、あなたをほかの人と取り違えるだろうと、みんな思っていました。ところがその計画は逆の結果になりました、あなたにとどめを刺そうとしたとき、あなたの泣き声を聞いて、闘いをやめ、そうしてわたしたち二人の愛が勝利するという結果になったのです。二人の愛が、その結末へと導いてくれました。

息子への手紙

おまえを出産して以来、わたしはひとりぼっちであることを思い知らされました、おまえの存在を知っているのはわずかな人たちでしたが、おまえのことを訊いても、わたしに背を向けるのです。おまえのことを話せば、なにか病気に感染するとでも思っているようでした。わたしが頼りにできたのは、この耳しかなく、絶えず注意深く、寝ているときでさえ気をつけて、はじめは赤ちゃんのころの、そして次第にこどもになっていくおまえの泣き声を、聞き漏らすまいと気を張りつめ、年を過ごしてきました。でも、この探索はずっと馴染んできた習慣の範囲、つまり牡牛たちの中で行われてきました。おまえを探すのが目当てでなかった場合は、わたしのためだけに存在する、ある牡牛を探すのが目的で、これはと思うたびに、牧草地に忍び込むのですが、わたしに勝てるような勇猛なやつにはお目にかかれませんでした。ところがその二つの行為には、繋がりがあり……　わたしにとって牡牛と闘うことは、おまえを黙らせることでもありました、そのころ、絶えず聞こえていたおまえの泣き声がこの頭の中で弱まったり、やむこともあったからです。そうでないときは、話しかけられないよう、無言で警戒に当たり、鋭い音を聞いたときは頭を傾け、おまえの絶え間ない泣き声を妨害するような雑音を選り分けたりしていました。牛と闘っているときだけ心を落ち着けることができたのです。そんなときは、いつも暮らしていた野原に戻ってきた静寂の中をわたしは漂っていました。緑の平坦な牧草地では、おとなしそうに動いている獰猛な牡牛が、黄色い草花を踏みつけ、広大な大地の真ん中には、一本の樫の木が立っています。たった一本の樫の木と、たったひとりの女、わたしは樫の木に登っていなければ、牡牛をけしかけていたと、人は言います。だからいまでも、わたしの樫の木の近くを通る人は、ついわたしに糞の塊を投げつけないではいられなくなります。わたしにそれを投げてくる連中の手の臭いにむかむかします。

父親への手紙

捕まってしまったあなたの前に連れ出されたあの日以来、闘牛場での再会を心待ちにしていました。あなたは捕獲されて、手を縛られ、独房にいました。わたしが入っていくと、あなたは立ちあがり、それでわたしは、一度だけ見たことのあるミノタウロスを思い出しました、そこでわたしは、いま眼のまえにいるのは、それが間違いだったのですが、十四年前にわたしを身ごもらせ、ますます大きくなっていく群れの父親となった、まさにあのときの、孤高なあなたなのだと思いました。わたしは、あのミノタウロスと交合したのだと、あのときほど間近で男を愛撫したことはなかったと、いつも言ってきたのですが、それ以上の説明はしなかったため、あなた方が発見されるまで、わたしは信じてもらえませんでした。ところが、ついにあなたがそこに現われ、わたしのことばを確固たるものにしてくれました。

あなたはわたしよりずっと背が高く、背丈のある男よりもなお高かったのですが、わたしがあなたの足元に横たわると、あなたはわたしの高さまで身を屈め、飼い葉桶に頭をもっていくようにして、わたしの顔を舐めてくれました。そのとき、執行官の声がして、次の週は二人とも闘牛場送りだと言いました。あなたは牡牛としてわたしに襲いかかり、わたしはあなたに剣を突き刺さなければなりません。独房を出るとき、あなたの舌に触れられて湿った髪の毛が、まだ額に貼りついていました。わたしは振り返り、ドアが閉まるあいだ、あなたの背中を見ていました。もう何年もまえの、怪我が化膿した跡を探したのですが、背中の傷跡は消えていました。あなたの皮膚は、イチイの樹皮のように強靱で、だから再生したのだとわたしは思いました。ところがそれは、あなたがあのときのミノタウロスではなかったからだったというわけです。

その日、わたしはあなたに名前をつけることにしました、五月七日を待つまでの名前、そして、あなたを探し、見つかったときに呼びかけるための名前です。ただひとつ大切にとっておきたいと思った名前が、途中で、アルファベットのまとまりがつかなくなり、ミオ・タウロとなりました。「ミオ・タウロ」、近くに家があるときには、「ミオ・タウロ」とわたしは囁き、木や、石や、山しか見えないところでは、「ミオ・タウロ」と大声で叫びます…… あなたが、こっそり、緑の茂みを押し分け、その角をわたしの頭上に見せてくれるのを待ちながら。

息子への手紙

秘密は、苦悩と同じように、わたしの人生で絶えず増大していきました、旱魃《かんばつ》も問題にならないほどです。おまえは、密やかな、苦痛を伴う収縮を経て、生まれてきました。そこにいたのはわたしの母親と、出産を手伝ってくれた、人体についてはなにも知らない、男の獣医さんだけです。そうとわかったのは、わたしの腿をまるで牛のお尻のように揺すり、仔馬を引っ張り出すようにおまえを取り出していたからです。やっとおまえが出てきたときも、わたしは見せてもらえませんでした。おまえの泣き声を聞いた、その瞬間、わたしの喜びは世界に溢れました。ところがわたしの母は、死んだ父親が戻ってきてあばら骨をへし折ろうとしているかのような顔をして、わたしを見たのです。だからおまえは外に連れ出され、それ以後わたしはおまえを探し出すために、おまえの泣き声のあとを追うようになり…… あの毎日の生活、長い時間野原で過ごし、一本の樫の木の根元で過ごす生活に戻ったのです。そして昔の悪い癖に。また昔の悪い癖に戻ったと人は言います。しかしそれはほんとうではありません、昔の悪い癖に戻ることなど、できませんでした。ひたすら牛と闘う生活に戻ったのです、これは同じことではありません、なぜなら、おまえから引き離されたとき、わたしの食欲というものもいっさいおまえについて行ってしまったからです。

そのころ、わたしに別の名前がつけられました。お乳が出てくれず、左乳房の乳管が詰まってしまったので、テティシエガ〔乳詰まり〕、と呼ばれるようになりました。「テルネーラ、痛いかい？テティシエガ、痛いかい？」、ボールのように膨らんだわたしの乳房を見ると、遠慮会釈なく声が飛んできました。わたしの乳は治りましたが、ついた名前が二つになりました。

父親への手紙

あなたもわたしと同じように、それを憶えているでしょうか。わたしは毎日創造主が蘇るように憶えています、その日の太陽は、世界には眼もくれず、闘牛場の真上にどっかと腰を据えているように見え、どちらも黄色い円形をなし、お互いの投影のようでした。わたしは手に昔のケープを持ち、太陽と砂場の中に立っていました。苛立ち、震える、五〇キロの女。目のまえの相手は、あなた、獣、激しい息遣い。

静止していた最初の数秒間で、あとあとあなたのことを考えるときの姿が、わたしの心に刻まれました。これほどすっきりした美しい裸体をわたしは見たことがありません。あなたは静止したまま、わたしと向き合っていましたが、わたしはあなたの全身を、あらゆる方角から、外から内から、見届けました。あなたのがっしりした首は牛の首なのに、鎖骨から下は人間でした。あなたの胸筋をあらためて見つめました、昔のままでした。なにものも隠さず、内側にある臓器、深く忙《せわ》しない呼吸の動きにつれて膨らむ左右の肺の存在を示していました。両腕、両脚とも、青年期の成長で少し長くなり、二頭筋はその成長の形に合わせ、足の方にわずかに細く伸びているのがわかりました。そして中央部の少し上に、臍、あなたの腹部の弁。わたしは小声であなたに話しかけ、心の内をすべて打ち明けることもできたでしょう。しかしながら、生命というものが、否応なくわたしを駆り立て、要求されていたように、あなたからわが身を護るため、作用することもわかっていました。あなたはいまにも襲いかかって来ようとしていました。わたしは、最初のうち、あなたの暴力を理解できていませんでしたが、あなたが最後に発したことばが、そのすべてを明らかにしてくれました。それは死の決意ではなく、創造のための勇敢さだったのです。

　ところがわたしは、その儀式の背後に隠されているものを知りませんでした。聞いていたのは、わたしの病気が治りかけており、普通の女性になる兆しが見えはじめたのを祝うのが目的だということだけでした。それは、なにか良いこととして、認められていたのだと思い、この女性としての皮膚は、わたしの獣性の傷を隠すためにあてがわれた硬い表皮のようなものだと感じていたにもかかわらず、その闘牛が、公然とわたしに服従を強制し、その結果、集団的赦しをわたしに授ける方法として計画されたものなのだ、などとは、疑うこともできませんでした。望まれていたのは、あなたが、わたしの手でもたらされる死をもって、みんなを代表して、わたしの罪を赦すことでした。一人ずつではその勇気がありませんし、わたしの罪もそれだけ大きかったということでしょう。数時間後、巨大な虫眼鏡のレンズのような太陽の下で、わたしの堕落がさらに大きなものになろうとは、だれも予想していなかったでしょう。

息子への手紙

いいですか、おまえ、人はなにかと言うと、すぐ、そんなはなしをしますが、聞かなくていいことです、足をとめてひとりの女の胸の内など知ろうとはしないからです。わたしの喉を下りていくものを見れば、わたしのすべてを見たと思い込み、わたしの肌の透明さをわたしの考えの透明さと混同しているのです。また悪い癖に戻ったと言われ、その通りだったらいいのにとさえ思いました。ところが、わたしの中のなにかが変わってしまったことに、わたしは気づいていました、と言うのも、わたしには出産のあの暗い夜の泣き声だけが聞こえ、しくしく泣く声が鼓膜にこびりつき、いっそのこと、頭をなにかにぶつけて黙らせたいと思い……　実際に井戸の煉瓦に向かって、やってみたのです、残念ながら、真っ白な石灰の上に血を見る結果となっただけでした。しかしおまえの泣き声は去ってくれません。おいおい、おいおい、おいおい……わたしは気が狂いそうになり、いらいらしてきて、次第におまえが憎らしくなるほどでした。それでも、おまえが憎らしくなればなるほど、おまえを探し出し、その口を塞いでやりたくなりました。よっぽど井戸に身を投げようかと思いましたが、溺れてもおまえのおいおい泣く声が永遠にやまないことを想像し、まさにそのことが炎に包まれた狼の咆哮のように、大きな不安をわたしに与えました。

父親への手紙

観覧席から無数の顔がわたしたちを見つめていました。欲の深い巨大な蛇の鱗のようでした。遠い過去、闘牛場の砂が牛だけではなく人間の血で染められた時代への回帰を待望しているような雰囲気でした。

そこへあなたが、人間のような二足の牡牛が、構造上関節が完璧に機能していることを誇るように、走りながら入場してきました。わたしの姿を見つけると、とっさに足を緩め、わたしが立っている方向に進路を変えました。地面を踏みつけるあなたの足の重みを感じました。あなたはわずか二メートルの位置に立ちどまり、視線をわたしに集中すると、角と角のあいだから、わたしの胸を目測しました。おそらくあなたは、その最初の動作で、わたしに触れることなく、わたしを支配してしまったことに気づかなかったのでしょう。あなたはその鋭敏で大きな手を空に向けて伸ばし、両の手のひらでわたしを見定めることができたでしょうが、そうはせずに、うなだれてわたしの胸を見据え、それから角のあいだにわたしを引き寄せたのです。

二人とも身動きできずにいた数秒のあいだ、あなたの両の眼が、はじめて出会ったあのミノタウロスの輝かしい姿をわたしに思い出させました。黒々と輝くふたつの眼窩、わずか数ミリの白眼が、二粒の塩のように、眼がしらの隅に残っていました。十四年前、牧草の中で、まるで同じ種族であるかのようにわたしを見つめた眼と同じでした。そして、銛《もり》のような、あまりに異様なその眼差しが、下から上へと、逆におごり高ぶったようにわたしを抑えつけ、それが下から見ると、高貴なほど慎ましやかでした。

あなたが攻撃を仕かけてくるまえに、わたしは、感謝の安らぎとでもいうような、奇妙な心の安らぎを感じましたが、同時にそれは戦いの前の安らぎであり、あなたが闘技場をひと蹴りしてその静けさを破ったとき、わたしは気を持ち直し、あなたを敵として受けとめました。わたしは全身であなたに飛びかかり、技を仕かけました。そして息子のことを考え、あなたが避けがたいものとして挑んでこようとしているこの戦いを、その父親の死を、彼に捧げることにしました。

息子への手紙

それまでわたしは闘牛を自分の考えで勝手にやってきたので、闘牛場に立ったその日は、礫を握った拳を振りあげるようにして皆が言っていたあれ、まさに「あれ」が起こった同じ野原で、わたしの一挙手一投足が監視されているような思いでした。実際に起こったことを事細かに述べたなら、拳は投石器のような力をこめてわたしに礫を投げてきただろうと、いつも思っていました。だから、そのことを口にしても、説明はせず、好奇心に駆られて人がわたしの樫の木に近づいてきても、わたしが訊ねたのはどこに息子がいるか、ということだけで、いつもの反応が返ってくるのを知りつつ、気が進まないままそう問いかけていました。獰猛この上ない牡牛に対してわたしがしていたように、背を向けることなく後ずさりしながら、人はおまえのことをおなじように「あれ」と呼んでいたからです。わたしは獰猛な牡牛に尻込みすることはほとんどなく、むしろじっとその場を動かないようにしていました。わたしの技を、ときどき農場に闘牛をしにくる青年たちのそれと比べてみても、みんなわたしの方がずっと上だとはっきり言い、わたしが技にすぐれていたのは、結局、闘牛の技術そのものをわたしが牡牛自身から学びとったからなのだそうです。

父親への手紙

わたしは眼のまえにいるあなたの攻撃に備え、からだを斜めに構えていました。そのときあなたは、わたしにとって実にありがたい身振りのひとつを、自分からして見せたのです。二人の足元には、日時計の針がつくるような長い影が伸びていました。地面からその影が指し示している方向を辿り、その先にわたしが見たのは、十四年の歳月を経た、あの幸運な幻影でした。時空を永遠不滅のものにする、勃起したミノタウロスがそこにいたのです。

その隆起よりも深い欲情をわたしは知りません。どうしてもあなたに言っておきたいのですが、いとしい獰猛なあなた、霊魂を秘めた牡牛に、わたしは触れたいと思いました、なのに、あなたは独房にいたときと同じように、ふたたび身を屈め、攻撃の姿勢をとったのです。あなたはどんな姿勢においても、相変わらず敏捷な動きを見せていました。最初の突進をカポーテで受け、あなたの角がわたしの腰をかすめていったとき、わたしは半身をいまにも捩《よじ》りそうになりました。

わたしはからだを立て直しましたが、そのときすでに、あなたのほかは、息子も含め、すべてが姿を消していました。息子の泣き声が聞こえなかったというのではありません、牡牛を相手に

していると き、沈黙はいつものことですから。ともかくも、姿がもうなかったのです。ただ、くすぐったい感じがあり、欲情に駆られたときの蟻がごそごそと動くような気配が、踵からはじまり、鼠蹊部まで登ってきました。まるで無数の小さな足が群れをなし、次から次へと、唾液の跡のように、両足の指のあいだに入り込み、くるぶしから、膝、さらに上へと、あなたの冷酷な角がわずかに触れただけで、動きはじめました。それは上りつめていく欲情、上昇する生命力であり、ふと意識が正常に戻った瞬間、闘牛場で充足することがなにを意味するか、わかっていましたので、わたしはぞっとなりました。観覧席の蛇がとぐろを解き、わたしに毒牙を突き立て、骨をばりばりと砕きにかかるのではないかと恐れました。

確かにわたしはあなたを拒否し、蚊の大群を叩き落とすように、腿といわず、腕といわず、踵といわず、這いまわる蟻を叩き潰そうとしました、しかし、あなたはケープの裾の広がりをじっと見つめ、ぎりぎりのところまでわたしに迫ってきました。一度ならず、二度も角がかすめていき、足から頭まで、わたしを打ち負かしにかかり、その間わたしは、ひと息つくように、ゆっくりと、慌てず、しかし必要な技として、ムレータを使い、突きをかわすパセを繰り出していました。あなたに向かってはじめは胸を、次にケープを前に突き出し、そうしてわたしはもう一度あなたをわたしの後ろの位置に誘い込み、しきりに尿をこらえながら、まるで人並みの温かい液体であるかのようなあなたの脇腹にぴったりと身を寄せていったのです。

周りの音が、村祭りや、嵐や、なにかの理由で高くなると、あまりにもいらいらするので、近くの人がわたしを抑えつけなければならないほどでした。おまえの泣き声以外のものを静かにさせようとして、音の原因がなんであろうと、打ったり叩いたりし、祭りで音量を上げているスピーカーや人間たちに、飛びかかっていったりしたからです。

牡牛と向き合っているときだけはおとなしくしているのをみんな知っていたので、誰かがつき添い、以前のような常軌を逸したことはさせないという条件で、いくつかの牧場で闘牛をするのをわたしは認めてもらっていました。わたしが人間との性交を避けているのは周知の事実でしたが、あのミノタウロスと出会い、おまえがいなくなってからというもの、わたしが猛獣の体温も拒否していることを、誰も解っていないようでした。したがって、長年の禁欲生活だったのですが、自分ひとりを相手にその禁を破ることがあり、そんな夜はおまえを身ごもった場所に出かけ、仰向けに横たわり、腐植土を濡らしたりすると、その土が思い出に浸る孤独な悦びを吸い取ってくれました。誰にも知られていないことが、わたしの欲望の唯一の対象であるとは、人に理解してもらえず、最初のミノタウロスが捕獲されたとき、あの計画がもちだされたのですが、わたしたちにとって幸いなことに、それは失敗に終わりました。

父親への手紙

わたしたちの美しさは似ていたように思います。両方とも生命を与え、また奪う用意ができていました。またあなたの勇猛さは、わたしのそれと同様、欲望の最終的な危険への道を用意していました。わたしがバンデリーリャの銛をあなたの背中に突き刺したとき、あなたは文句を言うどころか、その幸運に息を弾ませ、勢いよく突進してきました、わたしは、止めを刺す死の場の用意にとりかかりました。

傷ついて倒れたのは、わたしの方が先でした。その成り行きは憶えていることと思います。あなたは背筋を伸ばし、わたしはその高さでの闘いに慣れておらず、制御できませんでした。あなたは肩を寄せてくると、すでに地面に倒れているわたしに、もう一度、角による一撃を加え、わたしをぼろきれのように撥ね飛ばしたのです。観覧席の蛇が甲高い叫び声をあげました。それが聞こえたでしょうか。わたしは恐怖におののき、眼のまえが見えなくなり、耳が聞こえなくなりました。感覚がなくなり、身動きできずにいました、するとあなたが男らしさを発揮し、わたしの意識を取り戻してくれたのです。あなたはひざまずくと、わたしの少し開いた口に、あなたの潤いのある男性器を優しく挿入してきたのです。それは穢《けが》れなく、完璧に、ぴたりとおさまりました。あなたは片方の手でそれを支え、もう一方の手でわたしの顔をそっと撫でてくれました。最初の二、三滴でわたしの喉は、牡牛の血のような、赤ワインのような、濃厚な色に輝きました。ミノタウロスの射精前流液の色です。

わたしは緋色の輝きを首に残したまま、感涙にむせび、活気を取り戻し、再び闘いを挑んだのです。

父親と息子への手紙

闘牛場にはあなたのほか誰もいなくなりました、わたしはまだ欲望を感じていたので、この欲求に負けてしまえば罰を受けなければならないとか、もう我慢できなくなっているとか、しきりに考え、気持ちを鎮めようとしました。しかしすでに遅く、わたしたちは実態のない踊り、半分があなたの、もう半分がわたしの男の子を授かったあの夜の鏡の中で、揺れ動いていたのです。半分動物、半分人間の、男と女が、恋歌にのって、突きをかわす技を続けているうちに、遂にわたしはあなたの力に屈し、放尿してしまったのです。

失神状態から立ち直ると、わたしは剣を握りしめており、からだは交合を求めて欲情していましたが、あなたはかまわずムレータに襲いかかってきました。わたしを懲らしめたいというのは、牡牛という牡牛を、ほかならぬあなたを、興奮させ、勇猛さを失った腑抜けにしてしまい、わたし自身もまた、口さがない犠牲者と言われる人たちに、なにもかもさらけ出してしまうことになるからなのでしょう。そうして、興奮のあまり、最後の突きをかわしながら、あなたの肺臓を血だらけにするはずの剣を振りあげていたとき、あなたは牡牛が牝牛と交尾するように、わたしに覆い被さってきました。

観覧席で巨大な蛇がわたしたちの行為に動揺し、のたうっているあいだに、わたしの甕は絶頂で溢れようとしていました。わたしは意を決して剣を握りしめ、あなたがわたしを貫き、同時にわたしもあなたを貫く瞬間を待ちました。わたしたちが交接できないことを予感したとき、からだを離さないように気を配りながら、振り返りました。驚いたことに、あなたの瞼は泣き腫らしたあとのように、いまにも閉じられようとしていました。そこでわたしは、最後の力を振りしぼり、鋼の剣先をあなたに向けました。あなたの真っ赤になった眼が、それを見た瞬間、涙に溢れ、わたしを見つめたまま、わたしの右耳にかかっていた毛を脇に寄せました。二人を救うことになったその信頼を、あなたはわたしのために用意してくれていたのでした。少し間をおき、歓喜の絶頂に達する直前、いまわたしのお腹で育っている命を受精する直前に、あなたの呻き声、わたしの息子の泣き声を、あなたは追い払い、その牛の舌で、わたしの耳を舐め、こう言ったのです。

「ぼくは父親ではありません、息子です」

わたしの息子の息子はいま、このお腹の中で日々成長をつづけています。父親にして息子、ミオ・タウロ。わたしはもうここにはいないつもりです。あなたの口元、あなたの首筋、そしてなによりもあなたの股間を思うことしきりです。そして山に向かう途中でわたしの最後のことばをあれこれ考える前に、わたしの末期のことばとして、こう伝えておきます。

「あなたとあなたたちだけをわたしは愛しています。わたしが愛しているのはあなたたちとあなただけです」

島

海難の庇護者、ナルキッソスへ

こどもたちは海岸へ行く途中で、空気を入れて膨らませるマットを買うと言ってきかなかった。黄色い円形の、岩と蟹が浮き出る、一番大きなやつを買った。エアマットの中央には、二メートルほどの幹にプラスチックの長い葉がついた、やはり空気式の椰子の木が一本あった。海岸に着いたとき、エアポンプがなかったので、膨らませ終わるのに二時間もかかってしまった。ぼくはひとり本を読んでいたかったが、アルベルトは泳ぎができなかったし、ラウラはまだ小さくて、弟の面倒をみるのは無理だった。その島を水に浮かべ、ふわふわ漂っているのを見ると、こどもたちは夢中になり、すぐに海に乗り出そうと言い張った。

プラスチックの表面は新品だったので、その臭いが人や日焼け用ローションの匂いをかき消すほどだった。ぼくは椰子の木が影を落としているのを眺め、満足していた。プラスチックのほかに布の葉もついていて、それがパラソルのような形をなしていた。ぼくはそれに寄りかかると、こどもたちが足でばたばた水を叩きながら、マットをまえに進めようとしているのをよそに、読書にとりかかった。

急に風が出てきたのか、ぼくがうっかりしていて海岸から離れようとするこどもたちの奮闘に気づかなかったのか、実のところ、本から眼をあげたときには、浜からあまりにも遠く離れていて、海辺の大勢の人たちの姿が見分けられないほどだった。ラウラとアルベルトはおしゃべりの最中で、その声を読書のつれづれにぼくは受けとめ、万事うまくいっているものと得心していた。恐ろしさのまえに、こどもたちの声が身辺にある人間に帰属する唯一のものだということに気づき、ぼくは一瞬うれしくなった。人間の反応としてぼくが次に耳にしたのは、自分の荒い息づかい、どうやって戻るかを自問する悲嘆の声だった。

ぼくは風向きを確かめた。島は帆の役目をしている椰子の葉に押され、陸からなおも遠ざかりつつあった。ぼくは幹にしがみつき、半分に折りたたんでから、ラウラの髪にあった輪ゴムでとめた。これによって前進はある程度おさえられたが、海は依然としてぼくたちを海岸から引き離していた。ぼくは違う手を思案した。泳ぎにはまだ自信があったので、流れを対角線に泳ぎ、陸に辿りつくのは可能だった。しかしひとりで行かねばならず、ラウラとアルベルトがぼくの言うことを聞いて、応援をつれて戻ってくるまで島にいられるかどうか、疑問だった。多分ラウラは頼りにできるだろうが、アルベルトの方は問題外だった。誰にも首尾よく見つけてもらえそうもないことがはっきりした場合は、こどもたちを置き去りにしたかも知れない。海に飛び込み、遭難者三人の、せめてひとりとして、助かるつもりになったかも知れない。結局のところぼくは、救助を待つという選択をし、誰にも発見されない可能性を考え、こどもたちと死ぬ決心をする父親の滑稽さを味わった。

　モーター音を聞いたとき、犠牲者にならずに済んだことを知った。海難救助隊の水上バイクがストレッチャーを牽引して近づいてきた。それから数分して、海岸が近くなりはじめた。最初は色とりどりのビーチパラソル、次に色とりどりの人間、それから叫び声、人の腹、クーラーボックス、そしてソーセージのサンドイッチ。陸に上がると看護師がぼくたちを検査し、妻がやってきて、ぼくを軽蔑の眼で見ながら、無事に帰ったことを喜んだ。

　エバの夏休みはすでに終わり、彼女が仕事をしているあいだ、ぼくは海岸行きを続けなければならなかった。義務のようなものだった。翌日また、こどもたちと一緒に、タオルや、バケツ、熊手をもって海辺の散歩に出かけたとき、ぼくはそう思った。前日の朝エアマットを買った店の前を通り、同じ島が売られているのを見て、ほっとした気分になった。そこには椰子の木が、散歩道の一部となって、黄色い砂の上に日時計のような影を落としていた。ぼくはそれを見ると、海岸から次第に遠ざかり、プラスチックの表面と両脚のあいだを清々しい涼風が流れ、つかの間の解放感にやさしく包まれている自分を感じた。ぼくは道を引き返し、店に入ると、今度は、空気で膨らんだ島を買った。こどもたちは、前日に起こった事件の重大さがわかっておらず、浜辺へ向かうあいだ、地面を擦らないようにしっかり持ち運ぶのを手伝ってくれた。

争うようにして砂浜に人のいない隙間を見つけ、島を置いた。ぼくはからだの小さいラウラとアルベルトのために日除けを広げた。二人は白いクリームを塗ると浜で遊んでいるほかのこどもたちとそっくりになった。頭をエアマットにもたせかけ、ぼくはふたたび本を読みはじめたが、浮島に乗ってまた離れてしまうことを考えると、集中できなかった。中年の夫婦がぼくの眼にとまった。ぼくがひと泳ぎするあいだ、こどもたちを看ていてくれるよう頼んだ。ぼくは足ひれをつけ、上体を起こし、エアマットを摑み、最初は力を込めて押していき、波に乗って離れつつあることを確かめてから、乗り移った。海岸の、注意を呼びかける黄色い旗も、ぼくのこどもたちも、小さくなりはじめた。こどもたちのかわいい姿が、少しずつ見えなくなっていった。

この島にいるような気分の良さを感じたのは実に久しぶりだった。ある距離まで遠ざかると、人間の混み合う中に子を産みつけたようなクラゲの群れは消えはじめ、ぼくは両足を海に浸し、水滴が眼にかかるのも構わず、だらしなく仰向けになった。必要なものといえば、ひと瓶の水くらいだった。もしもアレクサンダー大王が現われて、どんな望みでも叶えてやると言ったら、ただひとつ、ここからいなくなって欲しいと願っただろう。ぼくは、波頭が泡となって砕け散る過激な現在に生きる哲学者ディオゲネスのような気分だった。

海岸に戻ると、夫婦は気をもみ、こどもたちは泣いていた。マッサージ師が手も洗わずに、人の背中から背中へと歩き回っていた。オイルと金。生温《ぬる》くなったビールのげっぷ。ぼくは平謝りに謝り、こどもたちをなだめ、家に帰ったときエバに見つからないように、エアマットの空気を抜いた。

翌日は海岸の場所を変えた。自動エアポンプを買ったので、島は十分でできあがった。今回は、ラウラとアルベルトの世話をある老女に頼んだ。エアマットで海に出るようになって三日目で、この日が、ぼくが取り憑かれることになる人影を見た最初の日だった。三十分くらい海に漂っていると、七〇メートルほど先に、ぼくのとそっくりな島がひとつ見えた。布の葉がなびいている同じ椰子の木、同じ形、同じ大きさ、そして島の上に、ひとりの女性の影。ぼくは年齢を知りたいと思ったが、その距離では、着ているビキニらしい赤い模様がふたつ見えるだけだった。好奇心に駆られたけれども、邪魔をしたくなかったので、ぼくはその場から離れた。

夜になって、好奇心は募った。寝たり起きたりしては、もう一度あの島を見つけられないかと考えた。あの島を遠望したときの陸側の目印を思い出し、そんな目印は何の役にも立たないだろうとは思ったが、まさにその同じ場所で、島を発見することになったのである。おそらく両側にある二つの浮標のあいだで座礁したのだろうと思った。好奇心よりも敬意の方が勝り、なにかお手伝いしましょうかと大声で言っただけだった。返事がなかったので、彼女も、ぼくと同様、なにも必要としていないのだと思った。新たな感慨がぼくの心を動かした。この世界にいるのはたったひとりだという思いが、この世界にいるのは二人だけだという思いに変わったのである。

それに続く三日間は似たようなものだった。彼女はいつも同じ場所にいた。意図的に島を座礁させているものと思われた。実によい場所で、そこからは二十階建ての建造物が白い岩石ほどにしか見えなかった。毎回、思い切ってもう少し近づこうとするのだが、邪魔はしたくなかったので、相変わらず遠い位置に留まっていた。ビキニらしい赤い二つの模様が少しよく見えるようにはなったが、それだけだった。髪の毛の色も見分けられなかったし、いつも椰子の木に寄りかかっているように見えたが、姿勢もはっきりしなかった。ただひとつ、そのとき確認できたのは彼女の肌の色だった。島の砂の明るい色に比べて、少し暗く、もっとオレンジ色がかっていた。しかし、判断材料が少なかったにもかかわらず、ぼくの島と同じような島にあれだけの時間を過ごしているという事実だけでも、ぼくの異常な興味をそそるのに充分であり、年齢や姿かたちはもうどうでもよかった。

その次の日はラウラとアルベルトがどうしてもと言うので、一緒に連れて行かなければならなかった。それからは二人に浮き輪を持たせることにした。こどもたちが一緒では、以前のようにあの島に近づくというわけにはいかなかったし、その後も、こどもたちがついて来ると、潮の流れが逆だったり、天候の予期しない変化によって、あるいは我慢できないほど喉が渇いて朝用意した水を一気に飲み干してしまったりして、家に戻る羽目になったり、いつもなにか不都合な事態となり、あの島に近づくことはできなかった。その反対にひとりで出かけると、ぼくの島は目指す進路を心得ており、順風を受けて進んでいくように思われた。

ぼくの思い切った行動も、接近を果たすにはいまだ充分ではなく、ぼくの同志についてその特徴をはっきりつかめずにいた。二人の状況が一致していたことから、ぼくは彼女を、ぼくの同志、とみなしていたのだ。そして出かけていく度に、新しい細部がひとつまたひとつ、その興味の対象に加わっていった。どう見ても、彼女のからだと思われる物体のあちこちできらめいているのは、水の滴であることは明らかだった。あんなに海岸から遠いところで、ひと泳ぎしたあとなのだろうが、そこは、海が浜辺のジャグジーとはまるで異なる存在になっており、ぼくたちを見ているものがあるとすれば、やはり海岸を避けてやってきた、水中生物の眼ぐらいだった。彼女が、ぼくのように、泳ぎが得意なのは疑いようがなかった。進路の最後のところで、ぼくは本を海に投げ捨てた。もう用はなかったし、気が乗らなかった。双眼鏡を持ってきていたので、失礼にはならない距離を置いて彼女を眺めてみようと思ったが、それは礼を失した行為だろうと考え、すぐに諦めた。彼女に会いたいと思うなら、すぐそばまで近づいていき、彼女がぼくを見て、去っていくか、歓迎してくれるか、彼女の自由に委ねるしかなかった。

ラウラとアルベルトに邪魔され、耐え難い一週間を過ごした。浜辺でまた誰か知らない人に面倒を見てもらうのは嫌だとこどもたちが言うので、二人を一緒に連れていかなければならなくなった。島にずっと長い時間いられ、食事をするようになったのが利点だった。食事のあと、こどもたちは少しおとなしくなったが、相変わらず二人でおしゃべりをつづけていた。ひとりで出かけていく度に近くなっていた距離がすべて無駄になってしまった。前回のような用心深い接近も、こうなっては、もはや不可能に思われた。遠くに見える島の光景が、オアシスの蜃気楼のように、ぼくを絶望の淵に追いやりはじめていた。その背景には、こどもたちのつぶやく声。結局のところ、その音のおかげで彼らを見なくてもうまくいっているかどうかがわかるので、それを黙らせてしまうのは、ぼくにとって都合が悪かった。ぼくは隣の島の眺めを、ぼくの島の反映として、ぼくの願望の浮遊する影として、保存しておきたかった。それが、何時間もあと、ぼくの網膜に定着し、帰りの道で一瞬、ラウラの顔や、山の頂、港の灯台に投影されるのだった。

ぼくはエバに触れるのをやめた。明け方ベッドから両足を出し、次の日はどうなるのだろうかと想像した。シーツに包まれながら、海の涼しさ、エアマットの下の波の揺らめき、ぼくを待っている島の呼び声を感じていた。陸で過ごす時間のすべてを、海で受けたあらゆる感覚を甦らせるのに費やし、やがてある夜、今度行くときは必ずあの島に到達しようと、決意を固めた。幾夜も眠れずに過ごしたあと、穏やかな睡眠が訪れ、朝眼を覚ますと、舌が固く干からびていた。

翌日、ぼくの接近を阻むあらゆる障害を排除する覚悟をし、こどもたちとともに再び乗り込んだのだが、ある地点まで到達すると、ぼくの島は、いつものようにとまってしまった。興味は抑えがたく高まり、ぼくは海の精セイレーンの歌について思いをめぐらしたのだが、その考えがもたらしたのは、もうひとつの、その航路を続けることが不可能な理由だった。セイレーンの真実の歌とは旋律ではなく、声でも合唱でもない。セイレーンの真実の歌とは、沈黙なのだ。

ぼくはことばを自分から払い除けようとした。ことばというものの一切が、二つの島の結びつきをぶち壊してしまうのだろう。ぼくはますます魅了され、こどもたちに黙るように命じた。事実、沈黙する度に、島はひと尋《ひろ》の距離を進んでいった。しかしながら、ラウラかアルベルトが我慢しきれずにおしゃべりをはじめると、またしてもぼくたちの島は停止するのだった。ぼくはそれ以上もう耐えられなくなり、こどもたちを海に投げ込んだ。二つの浮き輪にしがみついて彼らは遠ざかっていき、その声が聞こえなくなってから、ぼくは沈黙を保ったまま、静かに、前進した。ぼくは眼を閉じていた。その出現を、非の打ちどころのない形で眼にしたかったのだ。ぼくは運ばれていくのに任せ、頭の中では、新しい大陸の誕生のように、二つの島が穏やかにぶつかるのを思い浮かべていた。衝突を身に感じて眼を開けると、正面にプラスチックのマットの地面が見えた。ぼくの島にそっくりだったが、ただひとつだけ違っていた。ぼくの口を衝いて出たのは、恐怖の悲鳴、救助を求める声、父親の号泣。島の住人の肉体はぼくと同じ材質ではなく、椰子の木や、砂や、蟹とまったく同じプラスチックでできていたのであった。ぼくの苦悶は深く大きく、こどもたちの名を叫ぶぼくの声を聞いても、空気で膨らんだその女性がぼくを抱きしめてくれるわけでもなく、狐につままれた思いだった。

操縦装置

理論物理学で雲を数える人、ロバート・ウィマーへトラックを運転し、いつも決まってAとBのあいだを往復するその仕事についたのは、私が十七歳のときだった。私が運転に使用した六台のトラックのうち、死ぬのを目撃したのは二台だった。人間の場合と同じように、トラックは死んだのである。死に際の喘ぎと機械の完全な麻痺、AとBのあいだを行き来した二十年のあいだに遭遇した、あの二度の場合については、私が通っていた高速道路の途中で、そのような事態に直面したのである。

いまとなってみれば、思い出すのは容易だ、シーツの皺や壁の剝落は、さまざまな人の顔や情況の現場全体を彷彿とさせる記憶の巣であり、過去の渦なのだ。しかし、いつもそうであったわけではない。

問題は、同じルートを週六日運転する生活が十年を過ぎたころにはじまった。最初の日、私は不注意や疲労と同じく、二度と起こしてはならない事例としてそれを考え、気持ちを落ち着けようとした。それを仲間の何人かに話したところ、似たようなできごとに何度か遭遇したことがあると言ってくれた者もあった。その説明によれば、走行する道路の単調さが、年を重ねると、一種の自動操縦装置を脳内で作動させることがあるのだという。

ところが、ほかのトラック運転手とは異なり、私にはその現象が繰り返し起こったのである。当初は四週間か六週間に一度だけだったが、そのあと頻度はだんだん高くなり、あるときなど、Bに到着したとき、どうやってそこまで運転してきたのかわからないという事実に怯えて、正気に立ち返ったほどだった。Aを出発したことは憶えており、Bに到着したことも憶えているが、出発地と目的地の二つを隔てる五時間のあいだになにが起こったのか、私にはまったくわからなかった。

私は恐怖のあまり、到着するとすぐに、自分の顔を叩き、舌を噛んだ、危機に陥ることもなく、ほかの車とも衝突せずに済んだ人間の痛みを感じようとしたのだった。自分がトラックの中にまだいることを確かめた。切ったばかりのエンジンの温もりや、鼻腔に残る排煙をからだに感じることはできるのだが、それよりなにより、走ってきた道路の様相も、騒音も、なにひとつ記憶に残っていなかった。

私が心配だったのは自分のことばかりではない、AとBを結んでいるのは、何カ所か急カーブがあるルートで、車が来るのが見えなかった人や動物が轢かれる事故がときどき起こってぃた。運転手の中には、車を降りて死者を悼み、負傷者を助ける者もいた。しかしさっさと逃げ失せてしまう連中もおり、そのため私は、日常生活を変えることにした。新聞であらゆる事故の情報を読むことにしたのである。それから、理由は告げずに、怪我をした人たちを病院や自宅に訪ね、世話をすること、すなわち、その人たちはもしかすると私の犠牲者かも知れないと考え、面倒を見ることにしたのである。回復が長引く人たちもおり、また事故が新たに起こったりもして、私の仕事はますます増えていった。

私の犠牲者かも知れないと思われる人の中に、身寄りがないため、なおさら世話を必要とする女性がいた。リリーという名だった。いつものように、新聞で事故の詳細を調べたのだが、手が震えた。道路を通過した時間と場所から、彼女を轢いたのが私だったかも知れないということを確認すると、私の心は落ちついた。かなり辛いことではあったが、自分の責任が確認されると、私はいつも胸をなでおろした。何故なら、AとBの両地点のあいだの、穴となる区間を埋めてくれる悲劇的な道標が、こうした事故なのであり、距離の代わりに、ひとりの人間全体の要約を私に与えてくれる柱のようなものだからである。

リリーの身の上については私が病院に訪ねていった最初の日に打ち明けられた。彼女の肉体の痛みは治まっていた。ベッドに寝ている負傷者たちの光景から強い印象を受けることはなくなっていたが、そのときは、彼女の周りに人が誰もいなかったので、私の心は痛んだ。誰ひとり訪ねてこない。誰も心配してくれない。リリーと私だけ。歩行者の中には衝突されるとき瞬間的にフロントガラスを見る人がいると、私は思っていたので、彼女の顔を見て、その瞬間の彼女を思い出そうとした。しかし今度も無駄だった。なにも思い出すことはできなかった。そこで私は、トラックの塗料の跡、その青い欠けらを、彼女の皮膚や髪の毛の中に探してみた。私のトラックのものであることを明らかにする痕跡はなにも見つからなかった。

私の負傷者たちに対する献身は無条件であった。誰もやろうとしなかったことを、なんでもした。リリーのほかにも、全面的に私に頼っている者たちがいた。私が家の中庭で面倒を見ている動物たちだった。犬六匹、狐一匹、それに三本脚の鹿一頭。そういう訳で、私自身が側溝にはまったり、断崖を転げ落ちて、死ぬという恐怖が、次第に、私のなかで、ほかの不安と混然となっていった。もしも私がいなくなったら、誰が彼らの面倒を見てくれるのだろうか、とりわけ、誰が私のように面倒を見るのであろうか。

Bに到着して、若者たちが荷下ろしをしているあいだ、仲間たちとあれこれ道中のはなしを笑いながらしていたころが懐かしかった。私はそのような古いはなしのいくつかを自分のものにすり替えはじめ、そんなときは、誰にも気づかれないように、走行する道路の状況を勝手に作りあげたりした。私は運転しながら楽しむことも、うんざりすることもなくなった。

私は家に着くと、動物たちに餌を与え、それから事故の被害者たちが立ち直りつつある診療所やアパートに出掛けていった。彼らは、そしてまたその家族も、ボランティアとしてすべてを受け入れる私をとても気に入ってくれていた。ある日、トマスの奥さんから、彼女に代わって夫にマスターベーションをしてやって欲しいと私は頼まれた。立て続けに二、三杯ひっかけてから、灯りを消し、自分がやるのと同じ気分で彼に触れた。

休みがとれると、私はリリーのリハビリに精を出した。二人で野外に出掛けていった。彼女の両脚をしっかりと支えてやり、両手を頼りに歩行する訓練をつづけた。そんなやりかたが、動かなくなっていた片方の腕の運動にもなった。彼女は、私が当の人物であることも知らずに、私の手助けに対して、しきりに礼を述べた。彼女は事故に遭った車についてはなにも憶えていないと言っていたが、万が一のために、私も自分のトラックについては決して口にしないつもりだった。

負傷した人たちの世話をすること、リリーの世話をすることは、私が犯したかもしれないあやまちを償うものとして、おそらくはじめられたのだろうと私は思う。ところが、時間が経つにつれて、なにかほかのものに変わっていった。Rや、Sや、あるいはリリーの世話をしながら、彼らの存在こそが、AB間に横たわる暗い裂け目で起こったことを示しているのではないのかと、私は感じていた。彼らの世話をすることは、私の記憶の中の引き出しを満たすようなものだった。その引き出しになにが入っているのかはわからなかったが、その重さから中身がいっぱいであることが知られ、重要なのはそれが満杯であることだった。犠牲者たちは、私の記憶にはなかったものの、AB間を命あるものがひっきりなしに通っていたことの証拠だった。リリーを見ることは、私が無人だと思っていた惑星の、ある物体によって圧し潰された草を、熱心に見つけ出すようなものであった。

私は顔を叩き、舌を噛むのをやめなかった、私自身が自分の犠牲者かも知れないとわかっていたからだ。しかし数カ月後には、目的地に到着したとき、車輪や泥よけに他人の痕跡を探すのはやめてしまった。私が轢いたかも知れない彼らすべての世話をしながら、それを確認するという無益な儀式をしないで済ませていた。重要な意味を持ちはじめたのは、時間だった。リリーや、みんなのための時間をつくること。そのため私は、最大の目的であった運転の日数を甘んじて減らし、ハンドルから離れ、自由にできる時間を一週間に二日もてるようになった。

ある日の午後、トマスの家を出てから、リリーを訪ねていった。トマスにマスターベーションをしてやることは習慣になっていた。それに不平を言ったことは一度もなかったが、彼の妻がいつも哀れみの表情を浮かべて私に頼むのだった。彼の唯一の楽しみがそれなのだと私は気づいていたが、彼女は自分でしようとはしなかった。リリーは、私が家に入っていくと、両腕を私の首に回してきた。そんな嬉しそうな彼女を見るのははじめてだった。彼女を轢いた事件についての新しい情報が、犯人を割り出すことになるかも知れないと彼女は言った。私は捜査がまだ続けられているのを知らなかった。あれだけ熱心にリハビリに集中していたリリーが、彼女の運動能力が改善しないことについて、それがなぜなのか知りたがっていることにも、私は気づいていなかった。

AからBへの走行にいつもより時間がかかったときは、私は翌日の新聞をつぶさに読み、その遅れの原因がなによるものだったかを調べた。大方は単なる交通量だった。しかし、遅延の原因が不明の場合もあった。私は時間の余裕がなく、同僚とはなしをするのがやっとだったが、もしも訊かれた場合は、自分の運転状況がどうであったか、はなしをでっちあげるのに一分もあれば充分だった。そのあと、町から離れたドライブインの洗面所でからだを拭き、夕食を済ませ、またトラックに乗って帰っていった。BからAへの帰途はいつも憶えていた。太陽が、ある特定の場所、最も高い二つの山の峰の鞍部に沈んでいくのを見るのが好きだった。陽が落ち、窓から入ってくる風を受けるのが私にとって至福のときだった。

ある夜、トラックを彼女の家から一キロメートルのところに置き、そのまま訪ねていった。彼女は逃亡中の運転手について記したいくつかの情報を、パズルのように、テーブルに並べているところだった。ここ数カ月、彼女は訪ねる度にますます不安な様子だったが、その夜だけは、いい知らせが入ったのだと言った。運転手の特定が近いことを請け合う電話を受けていたのだ。

そのときまで私は、犯人が現われたらどういうことになるのか、想像したことがなかった。犯人が現われる度に、私の記憶の一部を、その犠牲者とともに、持ち去っていくのだろう。無に対する恐怖がもどってきた、私のことを忘れてしまったハンドル、もう毎日やってこないあの五時間。その恐怖の中で私は、翌日の朝、長年、AとBのあいだで、私が運転していた時間に起こったひき逃げ事件すべての当事者として、自首したのであった。いまは私の走行ひとつひとつを再現しながら、日を過ごしている。作りつけのベッドに横になり、眼を閉じると、まるで高速道路すれすれに飛ぶ鷲のように、あの牝鹿の脚を砕き、あの日の土砂降りの最中スリップしたことが、まざまざと浮かんでくる。私はAからBへのルートをゆったりとした気分で運転する。私は閃光の中に浮かんだリリーの顔を見、トラックのブレーキ音につづいて、逃げ去るための加速音を聞く。この独房で一年の月日が経ったが、いくつかのことが、いまだに気になっている。犬や、リリーや、わたしのトラックの世話を誰がしているのだろう。誰がトマスを手で慰めてやっているのだろう。

ブランキータ

なんて残酷なことをしてしまったのだろう。母親は息子が食事をするのをじっと見ていた、そして、その姿かたちがもたらす動揺を抑えようとして、ときどき視線を逸らし、父親の眼を窺った。彼はその罰当たりな行為の共犯者であり、食事がはじまって五分間のあいだ、母親が口をつけるのをやめさせていた。しかし、こどもがブランキータの肉片を突き刺したフォークを口に運ぶ度に、なんて残酷なことを、と妻は考え込んでいた。そのガチョウは三年まえ、彼ら自身が息子にプレゼントしたものだった。

しかし三年まえまで、ベンハミンは、実のところ、相も変わらぬこどものまま、からだは人並みに育っているように見えたものの、頭脳は、人生のはじまりで、一朝一夕にはどうにもならない障害を負っており、あまりにも基礎の段階ではっきりととまってしまったので、人間特有の思考や感情の世界とは無縁のままなのだろう、と思われていた。

ベンハミンは飼っている犬よりも現実に無関心であり、ブランキータよりも家に無関心のように見えた。この事情は母親の心の慰めだった。あの日曜日の食事について、都合のよいことに、息子に弁解する必要がなかったからである。しかしながら、ベンハミンが新しい肉片を口に入れて噛み砕く度に彼女の良心は痛み、殺すところをこどもの眼に触れないようにしたのは本当によかったと思った。彼の眼が脳になんの情報も送っていないのは確かだったとはいえ、普通の母親がこどもに隠すほとんどのものを、彼女は依然として彼の眼に入らないようにしていたからだった。

父親はいつもの食欲を見せて食事を続けており、妻が仔羊のような顔で夫の方を見ているのに気づくと、もう食べるしか仕様がないのだとことば少なに言い、元をただせばきみの発案だったのだと念をおした。ブランキータを食用にすることを思いついたのは彼女だったが、取り立てて大きな理由があったわけではない、日曜日はなんの料理にしようか、あれこれ考えていたときに、ちょうどその鳥が彼女の近くで鳴いていたからだった。羽をむしりながら、結局のところ、ブランキータは両親がベンハミンにプレゼントしたときの約束を果たしてくれなかったと、彼女はひとりごとを言った。おしゃべりなマスコットが息子からなにかことばや、刺激を引き出してくれることを願ったのである。友人たちの中には、ガチョウが幼児自閉症という難病に素晴らしい効果を上げるのは間違いないと言ってくれる者もおり、そこで彼女は、それほど期待はしていなかったものの、最もなつきやすそうなのを、動物市場で買ったのだった。

ところがこの動物はベンハミンの沈黙にも自閉にも風穴ひとつ開けてくれず、いたずら好きのガチョウが、靴下をつついたりしても、息子はまばたきさえしなかった。そのことを考えながらも母親は、確かにこの陽気な鳥があのころの彼女を大いに笑わせてくれたのを思い出し、トレイの上に、さばかれたその胸肉を見たとき、疑いようもなく、残酷なことをしてしまったと判断したのだった。こどものベンハミンを見ると、まったくの放心状態で、木のテーブルのように無意識だったけれども、自分の良心を洗い清めるには、この過ちを息子に告白する以外に方法はないと思った。そう切り出そうとしていたとき、こどもが口にしたことばで、母親の声は凍りついてしまった。

「とてもおいしかったよ、ブランキータ」

移植

脈打つマリエラ・ドレイフスおよびリリア・センボラインへ

きみはぼくの指を見つめていたが、ぼくは頭を横に振った。今日はきみを愛撫してやれないのだ、きみはまた待たなければならない、でも今度は、クライマックスの扉よりもずっと遠いところ、君に約束して百夜にもなる痙攣状態からは限りなく抑制されたところで、待たなければならないだろう。

きみは間もなく手術室に運ばれていく。いま看護師たちが器具や注射器を移動させながら、懸命になって、出入りを繰り返している、長いこと待たされ、そのあいだぼくにもたれかかってどうにか生きながらえてきたきみの、ようやくはじまろうとしている手術の準備をしている。

密かに、横に倒した松葉杖に寄りかかるように、ぼくにもたれかかっているきみは、それでも身を摺り寄せてくることはなく、その十四歳の年齢で、ぼくの緊張しているズボンの下に、これまで宙ぶらりんのまま、きみの命脈をつないできた、あの緊張をひたすら直感している（もしかしたらそれさえないのかも知れない）。そしてきみの周りには、君の呼吸、息、喘ぎ、それが、ぼくの皮膚と布のあいだにある隙間のようにきみを包み込んでおり、きみは興奮のあまり、雨に濡れて絞られた綿、まだ枝に咲いている花の濡れた綿毛のように、縮こまっている。

　金属音や、やわらかい音、看護師たちの立ち働く音の向こうで、きみの手術が近づいているのが聞こえる。きみにわかるだろうか。線路わきで、友達と一緒に耳を地面に当てたように、枕に耳を押しつけ、機械が近寄ってくるのを聞いてごらん。ほら、もう見えてきた。手術。蒸気とともに外科用器具が一歩また一歩とまえに進んできて、将来の、誓いの場面のようだ。ガーゼが来年夏の夜のそよ風に揺れている、鉗子は、（誕生日が来たら）フレンチ・レストランで蟹のはさみをはずすのにきみが使うのだろう、鋏は、進行する手術の、信頼できる透明な眼であり、そのあいだ、他の一切は、過去、死、恐怖、看護師たちも含めて、退却していく。待機リストの中で紫色に変色していく、ほかの大勢の人たちが待ち望んでいたこの手術をまえに、全員が上体をうしろに反らしたり、立ちあがったりしている。

　この手術のためには、きみの免疫組織の強化が必要であり、同時にまた、ちょうど摂氏四度で冷蔵保存された心臓の到着が不可欠だった。きみに指を求められたあと、ぼくは心臓が到着するのを見た。救急車のドアが開き、医師が二人の看護師に付き添われて出てくるのが見えた。それはわずか数時間前の、明け方のことだった。小さなクーラーボックスに入れて持ち込まれてきたものが、その筋肉組織であることは直感でわかった。すごい感動だった。医師はボックスの把手を握りしめ、極めて慎重に運んでいた。救急センターのドアを抜けると、大声で告げた。「心臓が病棟に到着」。すると医療チームが、まるで人工心臓の機械人間のように始動し、正確に、走ってやってきた。このチームが冷蔵内壁を膨らませ、外科医の手によって、空洞になったきみの胸腔へその臓器が据えつけられるのだろう（いまごろ据えつけている最中かも知れない）。

そのあと（いまごろだろうか？）、移植が終了すれば、外科医が手術用手袋をはめた手をきみの心臓に当てる。最初の鼓動を確認する必要があるのだ。ＯＫ。生まれたばかりの臓器が作動している。しかし手は離さない。鼓動のリズムが手袋をはめた手の脈拍と合うまで手を離すことはできない。ＯＫ。きみの心臓の筋肉からゆっくり、気づかれないように、そっと、手を離していく。それは前日の午後、ペダルを踏んでいた息子が、父親が手を離した五〇メートルも手前から、ひとりでバランスを保ち、気づかないうちに、自分の自転車で進んでいたのに似ている。

ぼくはきみに心配することはないと言ってきた、間もなくきみは四輪のストレッチャーに寝かされ、帆船か、張られた帆に乗っているように運ばれていき、看護を受けるのだろう。しかしきみはとても怯えていたので、いまや習慣になってしまった行動を中断しないために、この数週間我慢せざるをえなかった、ぼくの指で愛撫されるということをひたすら望んでいた。きみは、ほかの人たちが顔を洗うためや、涙を流すために、ほんの数分間でも洗面所に立つと、ぼくにそうして欲しいという表情をしてみせた。きみは黙ったまま、落ち着かない眼つきで、きみを被っているシーツの腹部のあたりに、ぼくの手を導いていき、眼を上げ、頭を少し起こし、手を下から滑り込ませて欲しいと望んでいることをわからせようとした。

その気持ちはわかったとぼくは言い、きみの願いを理解したことを知らせるために頭を動かしたが、そのまま、手も消毒せず、冷たい顔をした大勢の家族がいるところで、きみを愛撫してやることはできない。それでも、そこのカーテンに手を触れることはできる。窓を開けることは。ほら。ここから海が見える。

いまはぼくだって怖い。もうきみは手術台、きみの背中や、お尻、腿の内側を映す鏡のような鋼鉄の板の上だろう、あまり近いので、きみはそこに映った自分の姿を見ることさえできない。そんな暗い中で、目隠しで覆われた檻にもう入れられてしまったのかときみは疑っているだろう。だったら、その気持ちを和らげてあげたい、そうではないと言ってやりたい、信頼していればいい、マスク越しに聞こえる声、きみの手術に関わっている器具や機械たち（挿管、モニター、メス）が交わしていることばを聞いてごらん。きみの再生した肉そのものを鏡の中に戻す努力をしている器具や機械たちのことばだ。

ぼくはきみに話しかけている、三つか四つのドアに隔てられているけれども、どのドアにも牡牛の眼のような丸い窓がついている。

きみはじっと待っていなければならない。紙の手術着を着せられ、あるいはオレンジ色の滅菌剤だけを身にまとい、その上を緑か白の手袋に包まれた指が動いているが、それはきみをオルガスムへと導いていくのではない、きみの心臓をまるでありふれた肝臓か、名前もついていない臓器のように扱う指なのだ。

お願いだから、辛抱してほしい。

念のために言っておくけど、手術室できみは長いあいだ眠ったままかも知れない。希望を失うかも知れない、なぜなら十四歳のきみには、時間がかかるということは、オイルが割れ目に浸み込んでいっても、結局は途中までしか届かないほどゆっくりしたものだと思えるからだ。

しかし繰り返し言おう、我慢するんだ、眠りの中を歩み、麻酔をかけられているとはいえ、きみを覚醒状態に保ち、眼を開けて吐き出したいという意欲を起こさせる、たったひとつの隠された場所を、手探りし、探し求め、突き止めることだ。

今日はきみに触れることはできない、明日もだめだろう、眼のまえにぶら下げられた人参のように、当分お預けだ。いや、人参ではない、なにかきみのお気に入りのもの、尾を一振りさせる形の整った新鮮な鰯のような、生きた魚、きみの部屋で夜あんなにも約束した生餌。きみの両親に知られず、あるいは物わかりのいい両親が、明日まで二人だけにしておいてくれるベッドの中で。きみは枕をいくつか重ねて寄りかかり、ぼくはきみの数学の授業の遅れを取り戻さなければならない先生として、椅子に腰かけている。きみは力ずくで学校に行かされるようなことはなかった。

二人のあいだには黒板があり、ぼくは午前の授業できみのクラスメートたちのために書いた公式を書いていた、彼らはこう尋ねたものだ、アナイスは死んでしまったのですか。どうして学校に来ないのですか。

きみの母親が部屋のドアを開けた。有難うございます、先生、この部屋まで廊下を歩きながら、私は何度も感謝のことばを繰り返しておりました。ほんとうに有難うございます、先生、娘が良くなったのか、悪くなったのか、私は聞いておりませんけれど、あるいは憶えていないのかも知れませんが、先生のレッスンに欠かさず出るようになってからのことは、確かにすべて憶えております。淹れたてのコーヒーがきみのナイトテーブルで湯気を立てており、きみはそれを指し示してこう言いたそうだった。ほら、あたしの薬から立ちのぼる湯気みたいでしょ、あたしはその湯気をすぐに飲むことにしているわ。あたしはコーヒーよりもその湯気にずっと興味があったの。

最初、きみは笑顔を見せ、黙って、ぼくを迎えてくれた、教室でぼくを待っていたときのように。きみの心臓は階段を二段ずつ、三段ずつ上ってきたにしろ平常に戻っており、いつも遅刻してきたけれど、ぼくよりも前に教室に入って、時間通りだったような振りをしていた。きみが下の、海岸沿いの道を、制服姿で、教科書やタオルをバッグひとつに詰め込み、大急ぎでやってくるのをよく見かけたが、そんなときでも、きみは教室で待っていたような振りをしていた。ときには日焼けした肌でやってきたり、ときには椅子の下に砂のようなものが落ちていたりしたが、いつもきみは落ち着いており、汗や急いで駆けつけた形跡はなにも見せなかった。きみの心臓はなんの異常も告げておらず、元気だったころは走ったあとでも、普通の十四歳の心臓なみに回復していた。しかし病気になると、些細な動作でもそれとわかるようになり、なにをするのも一苦労で、席を立って洗面所に行き、戻ってくると汗をかいていた、表情が乱れ、もう誰も待っていないところに、きみが遅刻してきたような具合だった。

ぼくはきみに握手の手を差し伸べたものか、両頬にキスしたものか、わからなかった。それははじめの二、三日のことだった。ぼくが椅子に腰かけると、きみは決まって授業に欠席したことを謝った。クラスメートはどうしていますか。しかしきみの声の調子からすると、その質問は、海岸に行っているのでしょうか、とぼくには聞こえた。

午後の最後の時間になると、心臓の疲労できみは消耗していた。それまでぼくに注がれていたきみの眼は、空中のどこか一点を見つめるようになり、その空間では、はじめはもっとも複雑な方程式が、つぎにはもっとも簡単な式が消えていき、やがて1プラス1がどうやら不確かな2になり、そして息切れに変わる。最初の二、三週間できみの背中はクッションを圧しつぶして下の方に沈みはじめ、不平は口に出さなかったものの、ぼくは気づいていた。数学は退屈で、その退屈は、きみにとって死にかけている栗毛の馬のようなものなのだ。すると、外科やクーラーボックスや病院はすべて遥か遠くに、そのまた遠くに去ってしまい、いまきみに移植されようとしている心臓は若い男性アスリートの体内で鼓動していたものであり、それとともに黒板のチョークは灰になることが予告されていたようにぼくには思われた。別の命を消さずにひとつ命を加えることができない引き算の余り。

きみが退屈しているのを見て、ぼくは黒板を脇に寄せ、快楽が細胞を活性化させることを直感的に知っているかのように、きみに触れた。そうしてきみの白血球が夜ごと結合し、強化され、あらゆる場所で再生されるのを期待し、ついには今日の手術を可能にする数に達するほど不思議なものであるという想像にぼくは耽りたかった。白血球は警戒態勢にある防御機構としてきみの生命を維持し、そのあいだきみは、その年齢では未経験の性の喜びの絶頂への到達を待っていた。一日また一日と大人の成熟へとつながっていき、きみの青春が中断されるという容認しがたいイメージを払拭する一本の糸を張りつめたまま維持する、終わりのない喜びへの到達を待っていた。

そうなのだ。まず第一に性の放電、空中で二本の電線に接触した濡れた小鳥のからだから発する火花を、きみから引き出すことだった。処女膜は破らずに、濡れる、指先の電気。一度だけ、それから、別の日も、きみを愛撫しながら、結局は入口で放棄し、次の日は終わりまでという約束もいつもおあずけになり、またしてもその翌日、絶頂への到達を欲しているきみを残したままぼくは立ち止まってしまい、それが次の日、週、月へと延びていき、今日までで百夜にもなってしまった。早くもきみはストレッチャーに乗せられて入ってくる、手術室へと向かうきみの上に滑り落ちてきそうな白い天上を見ながら、ある夜たった一度だけ突然訪れてきたあの痙攣に、退院したらもう四度か七度巡り会いたいときみは考えている。そのときぼくは黒板をどかし、子をなしたことのない胎内の形成にも、三十六度から三十八度の体温を持つ指の下で伸縮を繰り返す胎内の興奮にも潤いを与える生殖液、羊水の中で、チョークを粉々にしようとしていた。温度摂氏。人類。直立し、学校の階段で再び鼓動しはじめるアスリートの心臓。時間に遅れ、大急ぎで階段をあがり、二段ずつ、三段ずつ、飛び跳ね、音楽の教科書、砂を背負い、最後の段で、外科医が手を離しながらつぶやいているのにも、きみは気づかない。途中で止まるんじゃないよ、お嬢さん、みんながきみを待っている。

アウラティカ

湯気を立てている愛馬、パブロ・ユエ、メルセデスおよびヘススへあたしは、あなたの口移しでなければなにも食べようとは思わない。あなたがあたしをそのように躾《しつ》けたのだ。あなたはそうやって毒見をしていた。はじめにあなたが噛み砕き、舌で押し出しながら、食べ物をあたしの口に入れてくれる。いまは少し大きくなって、自分で毒物を見分けられるようになったけれど、あなたの口を通ったものでなければ、あたしは食べないことにしている。

あたしの経口依存をあなたは気にしている。姉として、あなたの口があなたの命より長生きはしないことを心配している。自分がいなくなったらどうやって食べるのかと、あなたはあたしに訊く。あなたの口は乳房以上のものなのだと、あたしは答える。この地球が氷河期や戦争といった見捨てられた状態にあるとき、あなたの口はあたしを慰めてくれる唯一のことばが響く洞窟であり、その口からものを食べることは、あたしにとっては、その反響に聴き入ることであり、あなたの頭頂部に口づけすることなのだ。

　あたしがいま参加していてもよくわからないこの計画をあなたが思いついたのは、不安からなのだとあたしは思う。あなたに協力しているのは、あなたに対して抱いている愛が、あなたがこの世で知っている唯一の姉だということを遥かに超えたものだからだ。白状すれば、あたしのそのような諦めの裏側には、ある策略がいつも秘められており、あなたが作った規則にこれまで何度も逆らおうとしたことがあった。

　しかしいまはもうその忍耐も限界で、あたしは声が出なくなり、頭の中からあなたに話しかけている。ことばを口に出すことができそうもないのは、あなたが義務づけてきた作業が、あたしにできるぎりぎりの努力を必要とするからだ。馬車に乗っているあいだ、あたしはあなたがしていることを隠すために、窓を塞いでいなければならない。しかも、あたしの吐く息だけを使うという、奇妙な骨の折れる方法で隠さなければならないのだ。

＊

　吐く息だけでガラスを曇った状態に保つというのは、とても辛い仕事だ。どうしてこのような方法でガラスを曇らせておくのか、あなたに訊いてみたい。しかし、あたしは黙っている。いっさい質問をしないこと、それがあなたの第一の条件だった。だから自分で答えることにしている。カーテンその他を使って馬車の内部を隠してはならないというのが町の規則で、だから、息のような、自然現象だけが許されるということなのだろう。そう考えて、あたしは眼をつぶっている。
　幸いなことに、ガラスは小さい。いまでは、行政が一番小さな馬車をあたしたちに割り当ててくれたことがうれしい。はじめは不安定なために居心地が悪かった、とくに馬が道を急いでいるときなど、車輪が四つとも地面から跳ねあがるのだ。あたしが知っている動力は動物によるものだけだったので、前に使っていた馬車や、そのあとの馬車がどうだったのか、よくあなたに尋ねた。するとあなたは、雪で凍てついた馬車が速く静かに進んでいき、ごくたまに火で雪解けしたところが円筒形の鉄の花のように馬車から見えたことを、音まで添えてあたしに説明してくれた。あたしも見るのが好きだ。春の芽生え。

*

　三週間前から、あたしはあなたの姿が外から見えないように隠している。それまでもたまにあなたと一緒に町まで行っていたけれど、あるとき、あたしはそう頼まれたのだ。帰り道、あたしたちは家の二キロ手前で降りた。歩いていこうとあなたは言った。膝まで埋まる雪の中で、間もなくなにかが起こるはずだとあなたは言い、それを避けるためには、あたしたちは多くのことを変えなければならないのだと、あなたはあたしに告げた。そしてあなたは、あたしたちが取りかからなければならない変更を並べたてはじめた。

質問をしないこと。これが第一の条件で、それにはあなたの沈黙も含まれており、したがってあなたは話すことができない、あたしも、当然のことながら、それを期待してはならないと即座に言われた。第二の条件は、警告するようにきっぱりと言われたのだが、外出中、あなたを見てはいけないということだった。あたしに課せられたその要求を容易にするために、あたしは包帯で目隠しをされた。

こうして、あたしは座席に膝をつき、ガラスに口を押し当てながら、あなたを隠すために、できるだけ多くの息を吐き出すことだけを目的に、馬車に乗っていく。

その行程は行き一時間半、帰り一時間半で、町に入るとすぐ人の往来が増え、あなたが見つかってしまうかも知れないというので、極度の用心（特別に濃い息）が必要だった。

＊

あたしは、あたしたちが住んでいる家が好きだ、安全な場所だと思う、白い山の麓にあり、遠くから見るとたまらない気持ちになるが、そこからあたしたちはいま遠ざかりつつある。はじめの数年間、あたしたちと一緒に住んでいたあの外国人はなんという名前だったかしら。あたしがひとつだけ憶えているのは、あなたに食べ物を与え、あたしたちが飼っていた馬のミシャにするように、あなたのからだの表面だけを拭いていたことだ。あたしたちが馬と自分の面倒をみられるようになって、いなくなったのだと思う。あなたが十一歳で、あたしは七歳だった。あなたは、その人を信用していなかった、なんでも最初に味見をするのだとあなたが言い張ったので、あたしにはその人は一度も食事を作ってくれなかった。そのことをあたしは確かに憶えている。いまはもう、朝の早い時間に一度だけあたしに口移しする習慣を、あなたはあたしから取りあげようとしている。お腹が空いてどうにもならず、あたしが自分で食べるようになるのを、あなたは待っている。

あたしが恐ろしい夢を見るようになったために、出かけるのを以前よりも控えるようになったにもかかわらず、馬のミシャは町までの道を記憶している。二、三週間まえに、過去の平和な環境の中、学校で教育されていたことをあたしも学ばなければならないとあなたは言い出した。そしてあたしの先生としてあなたはアカシを選び、一日に一度だけ、訪問授業を受けるようになった。アカシ先生はあたしにこんなことを教えてくれる。

《平和。マンモスの牙を持っていた有史以前の哺乳類》

アカシ先生は三十五歳。あたしより二十歳年上だ。この土地で、あたしが彼の年齢に届くころには、老人になっている。しかし彼の肉体には、あなたがそうなりはじめているような、病気の兆候はなにも出ていないので、三十五歳という年齢にもかかわらず、耳もとで彼の口から授業の説明を聞いていると、健康そのものの匂いがする。四週間でもう八回の授業をしてくれた。午前の中ごろになると、果物をひとつ勧めてくれる。あたしがいくら断っても、諦めずに勧めてくれる。彼が食べているとき、あたしは鷲の嘴のようになって、彼の唇が欲しくなる。だが、彼はそんなことには気がつかないし、いずれにしても、彼の唾液が混じった果物をあたしに分け与えてくれそうにはない。

＊

昨日二人で外出したとき、あなたは目隠しの包帯をはずしてもいいと言ってくれた。あたしがもうどの規則も機械的にこなせるようになったので、あたしの顔が間違ってもあなたの方に向くことはないとわかったからだ。あたしは窓ガラスだけを見ている。あたしにとって世界とは、外側から湿り気を与えられ、内側から自分で湿らせているこのガラスであり、あたしの吐く息と外気の二重の防護によって曇っているこの窓だ。それにもかかわらず、あたしはあなたの手助けができて、なんという幸せ者だろう。そのうえ、包帯がはずれたことがもたらす効果は不思議なもので、山や、町の通りや、破壊の跡は見ることができないけれど、瞼とともにあたしの精神も解放された感じで、あなたが見させてくれないものをより鮮明に想像することができる。

道のりを進むにつれて、ドアが何度も開いたり閉じたりする。あたしはそれを耳にしながら、あなたがいろいろなものを放り投げているのだと思っている。禁制品や必需品と言われているものだ。最も希少なもので、あたしがそれらを知っているのは、あなたがあたしに話してくれたことがあるからだ。動物や、人間のように、消滅しつつあるもの。あなたについて考えるのと同様、あたしが守っている自然保護区のことを思うと、気持ちが昂ってきて、ドアが開閉する度に、肺を失ったこの町の植林地に新しい木が一本生えてくるのをあたしは想像する。

*

時が過ぎていき、あたしは、あなたを見ることはできないけれど、外でと同じように、この馬車の中であなたに触れたいと思っている。好奇心だけの問題ではなく、身体の要求なのだ。あなたを抱きしめたいという望みが叶えられないのは、溢れそうな膀胱の圧力と変わるところがない。あなたの指示をすべて満たし、あなたに抱きしめてもらいたいという願いをもって、今日は起き上がった。あなたの決めた規則を忘れたわけではない。あなたを見ないこと、質問をしないこと、しかしあなたに触れてはいけないとは言われてなかったので、行程の最後で、眼を閉じたまま手探りであなたを探していたら、殴られてしまった。触れることも一切だめ。わかりました。

驚いたことに、あなたは家を留守にしなければならないのだと言う。この一年ではじめて、そんなことを言われた。あなたは行かなければならず、あたしは、いまから、馬に曳かれたがたがた揺れるこの小部屋の中に残され、あなたのいない時間だけを共有することになろうとは。あなたなしにここにひとりでいると思うと、あたしの心はひりひり痛む。

窓ガラスから眼を離さずに、はじめてあたしは沈黙を破る。あたしに餌箱を与えてくれれば、ひとりで食べるからと、あなたに言う。その中にあるもの、その外にあるものだって、あたしはみんな平らげる。あなたの口をあたしから離しても構わない、だけど、二人が寝ている枕からも遠ざかってしまうのはやめて欲しい。あなたは、あらためて、口を閉ざす。沈黙の爆発。

＊

あたしのいまの状態と、朝はじめてここに入ったときの状態には、なんて大きな差があることか。規則は相変わらず厳格だけれど、なにか大きなゲームをしているような感動をおぼえた。夜が明けはじめていた。これからはいつも右の隅に行って身を潜めているとあなたは言った。あたしは口がガラスに触れているときは目隠しの包帯をはずすことができるけれど、いったん馬車が停止したら、また目隠しをしてガラスから離れなければならない。お腹が空いたりして、ガラスから一センチ以上離れる必要が生じたら、いかなる場合も、包帯をつけてそうしなければならない。そうしてあなたは、唇をあたしの唇に押しつけていた。はじめのころの二人の触れ合いが、肉体的に保たれていたあたしたちの最後の接触になろうとは、あたしは知らなかった。外出の行き帰りでおこなわれた最後の口移しは、アカシ先生のところに着いて停止し、それから家に帰ってくる、間を置いたブーメランの動きのような中でのことだった。

そうしてやってきた最初の週は好奇心に逆らえず、布で巻かれた眼をむりやり開けた。そうは言っても、自分の任務を怠るつもりはなかったので、一瞬たりとも窓から唇を離しはしなかった。息がガラスを曇らせていくその速さにあたしは驚いた。あなたを隠す濃縮された水蒸気のシーツ。

あなたが口移しをしてくれなくなってから、好奇心を萎えさせたものといえばただひとつ、空腹だけだ。とうとうあたしはあなたの介在なしに食事をしなければならなくなった。しかし二人の唇が離ればなれになって破れた舌の毛細血管が痛みだし、それ以後あたしの思考が鈍り、空想が貧しくなり、あなたから距離ができたと感じている。そして肉体的苦痛が懐かしい。たとえば、あなたに手を貸すようになって感じていた、あの肺の鋭い痛みだ。ガラスを絶えず曇らせておくための努力は苦痛だった。場所がはっきりわかる病気だったので、頭の中に臓器の形を描くことができるほどで、そのため、アカシ先生が人間の肺臓について教えてくれたとき、それは正確ではありません、とあたしは言った。先生が笑うのを聞いたのははじめてだった。いまとなれば、そのときの肺についてのあたしの認識が間違っていたことはわかっている、みんなの肺もあたしの肺と同じだと思い込んでいたからだ。ところがあたしの肺は腫れており、違うのだ。あまりにも膨らませすぎて、内壁が拡張の限界にまで達していた。

最初のころの外出で、あたしの喉から出る息が疲労困憊でぜいぜいいっているのをあなたが聞いたことがあるかどうか、あたしは知らない。少し経つと、あたしは実践で鍛えられ、眼を開いていては感じ取れなかったであろう感覚が識別できるようになり、目隠しをされている喜びを味わった。

あたしは、自分の肉体の中に、馬の肉体を感じていた。ひとつひとつの動作、お尻の上げ下げ。そのつながりは密接で、あたしが吐き出す湯気が唇の周りの産毛や、睫毛を湿らせていくにつれ、あたしの顔に浮き出る微小な水滴が、真っ黒な馬の毛並、ふさふさしたたてがみや、鐘のように脚先まで被っている豊かな体毛の上に、やがて雪となって消えていくのだと思っていた。馬が呼吸するリズムの変化から、あたしはいななきさえ予測することができた。そして、眼で見ることはできなかったが、あたしの息がガラスを曇らせているのと同時に、馬の温かい呼気が凍るような冷たい空気を濃縮していることがわかっていた。ミシャとあたしは湯気を立てている一頭の馬の頭と尻尾であった。そして二人のあいだにいる、姉のあなたは、隠れた胃、得体の知れない消化、あたしだけが予感しているいまわしい法律という潰瘍であり、一方であたしは、法律に違反しているのはあなたなのだという確信を持っていた。

あたしたちが行く道筋の雪や屋根を火が侵犯していた。火は、大きなものだと、眼を閉じていても見える。炎の明るさが瞼の薄い皮膚を通して透けて見え、町に入ると燃えあがる木材の輝きが感じとれた。馬車のドアがごく短い間隔で開いたり閉じたりしており、あたしは、あなたが松《たい》明《まつ》を投げ、家に火をつけているのだと想像していた。

*

アカシ先生のアパートの前で馬車が止まると、あたしははやる気持ちで階段を上り、三階の小さな明かり取りから外を覗く、そこから、いくつかの家の屋根が燃えているのが見える。駆け上がったために息を切らしながら、あちこちで上がっている火の手を夢中になって数え、いま走ってきた経路にあなたが印をつけたのだとあたしは思う。それからドアを叩く。ミサイルのように背が高く、几帳面なアカシ先生があたしを迎え入れてくれる。

アカシ先生にさえあなたの存在を知られないようにする必要があるのだと、あたしはあなたに言われた。あたしが彼の授業を受けているあいだ、あなたは衣服の下に身を隠し、馬車の中で待っている、終わってまた乗り込むと、あたしは息を吹きかける作業を再開する。

あたしがあなたの秘密を共有することなく、一方的にそれを守る仕事を始めてもう一年になる。あなたがしていることを知りたいという好奇心が日に日に増してくる。それをアカシ先生に話してみたい気がするけれど、そうはしない、そんな空想にふけり、あなたのことを知りたいと思ったりすれば、馬車のドアを開けたとたん、あなたは枯れた骨のように粉々になり、たちまち見えなくなってしまうだろうという予感がするからだ。そしてアカシ先生はあたしに書き取らせた。

《骨。数少ない、春の白い花》

＊

あたしは家でひとりで暮らすのに慣れている。それを期待していたわけではないが、あなたと共有している秘密が強大になり、孤独を感じている暇など片時もないほどだ。その謎はあたしの存在すべてに関わっている。そのことが別の精神的な打撃をもたらし、それによってあなたを喜ばせるための努力が、あなたを失望させる不安と同じくらい大きくなってしまい、ひどく疲れる夢に繰り返しうなされる夜がときどきある。

あなたが家にいる。その音を聞きつけ、あたしが居間に入っていく。真ん中にあたしの背丈を超えるほどの、とてつもなく大きな鳥籠がある。中には、黄色い、小さな鳥が一羽。あたしは不安になり、それでは逃げられてしまう、小鳥の大きさに比べて籠の横木の間隔が広すぎる、もし逃げていけば、餌の探し方も、氷の上を飛ぶことも知らないのだから、死んでしまう、と大声で言う。あなたは鳥籠の扉を開ける。中に入るようあたしに言い、できるだけ多くの、大量の息を吐き、空気が濃くなり、棒のあいだの隙間が埋まるようにしなさいと言う。あたしは機械のように、何度も空気を吸い込み、吐き出す。あたしはバランスを失う。頭がくらくらする。小鳥の羽が濡れ、しおれている。あたしは再び大声であなたに言う、注意して、よく見て、籠の出口をいくら塞いでも、小鳥はあたしの息で窒息してしまう。あなたは肩をすくめる。

先日、あの警官があたしたちの馬車をとめたとき、その眼であなたが目撃されてしまえばよかったのに。手でガラスの曇りを拭い、中を覗き、あたしに出てくるように言った。あなたが中にいたけれど、その隅の方に眼を向けることさえ、あたしはしなかった。あたしにいくつか質問したあと、中に入り、しばらく調べていたので、あなたは訊問されたのだと思うが、警官は出てきた。あたしは馬車に戻り、座席に膝をついた姿勢になると、警官が唸り声とともに馬に拍車をかけていたので、またガラスを曇らせる作業をはじめた。あたしは怯えていた。あたしの心臓はバイオリンの絃のように震えていた。あなたの犯罪が表ざたになったのかも知れないと思うと、あたしはぞっとした。しかし、その日、警察はなにも発見していなかった。

当局の眼をやみくもに、かたくなに信頼していたこともあって、あたしの中で、好奇心が不信感にとって代わるような考えが芽生えてきた。あなたのことを眼にした警官が、あなたがやりたい放題やっていることをもしも犯罪行為とみなさないのであれば、あなたが犯している罪はあたしに当てつけたものかも知れないと、あたしは考えた。あなたの手、あなたの苦労、あたしを保護してくれているのだと思っていたあなたの口も、あたしにとって反対のものに変わってしまった。

*

このような考えによって不信感が裏づけられたあとも、あたしはガラスに貼りついていた。そうして、あなたほどの害はないと思われるこの曇った世界を眺めながら、愛や、疑いを通じて、あたしは癒されていった。

あたしはまたあなたを懐かしむようになった。しかしあなたの存在についてあたしがもっている手がかりは、馬車のドアの開閉だけだ。

あたしはいまもあなたに逆らってやろうという思いと闘っており、ついつい、この中から、あたりを見回している。

あたしはアカシ先生とこの秘密を共有しようとあらためて考えた。だが、彼がこう言ってあたしの気持ちを確かめたので、その考えはどこかにいってしまった。
《秘密。人間のもっとも忠実な犬》
そこであたしは、この焦燥に負けてはいけないと思い、唇をガラスに押し当てているときでも、また目隠しの包帯をすることに決めた。右の眼がしらに当たっている布の匂いを嗅ぐという、いままでになかった感覚。

＊

まだそれを言う勇気はないけれど、あたしは考えている。今日こそ、姉さん、目隠しをはずそうと思っているの。ガラスの曇りが消えていくにつれて、火や、町の通り、山々が立ちあがってくるだろう。そして、それらすべての前に、あなたが立ちはだかるだろう。あたしの眼の届くところに、あなたの身体。振り返りさえすれば、あなたが見える。秘密に隠されたあなたをあらわにする。

あなたに話しかけもするだろう。でも、どのように話せばいいのか。長いあいだ内心に向けて話してきたので、ことばを外に発するにはどうすればいいか、憶えていない。思い切って目隠しをはずす気にはまだなれない。手で触れてみる。破れている。匂いを嗅いだことがあるだけだ。一度も見たことはない。白いものだったらもう汚れているだろう。眼を閉じたまま目隠しをはずし、そして顔をあなたの方に向ける。

眼を開けずにいる。数分が過ぎる。もう一度殴られるか、あなたの叫び声、裏切られてわっと泣き出すのを待っている。しかし、そんなことはなにも起こらない。法律があたしたちを足止めした日のように、また身震いする。長いあいだあなたに隠し続けてきたことがあまりにもよこしまなので、あたしの頭脳が、あなたの口から切り離されて、事態を理解できていないのかも知れないと、いまごろ心配になる。

眼を開きたくはない。しかし見てみたい。その前に、眼を開く道を用意してくれるのではないかと思い、両腕を伸ばしてみることにする。座席に触れてみる。床にふれてみる。天井に触れてみる。こうする方がいい。触れるだけにしておこう。窓から頭を突き出し、ミシャに停止するようひと声かける。

外に出る。眼は閉じたままだ。両手で馬車の凍った外側、鉄の上の霜に触れ、やっと馬のいるところ、あたしの肉体の他端であり、あたしの尻尾の先端に行きつく。あたしは両腕を首に回す。抱きしめる。両脚を縮め、ちょっとのあいだそれにぶら下がる。ふたたび地面に足を下ろす。眼がしらで鼻先を擦り、何度も口づけをする。あたしの鼻先。塩からい。雪がついている。あたしはまた馬車の中に入り、眼を開いてあなたを見る準備をする。中に入る。そして、見る。

あたし見たのよ、アカシ先生。あたしは見て、世界がうなだれ、流れていくのだと思った。わけもなくからかわれているのだと考えた。肺の力を出し尽くしたこと、悪の天才を隠そうとしたあたしの意欲。何となれば、そこにはなにもなかったからだ。

誰ひとりいなかった。

＊

馬車のドアはまた開いたり閉じたりしていた。何年ものあいだ、姉が存在する唯一の証拠だったその開閉が再び起こっていたが、いまはじめてその理由が理解できた。ドアがひとりで音を立てて動いていたのだ。それがすべてだった。ひとりで。あたしのように。あたしの姉ではなかった。誰の手でも、意思でもなかった。恐らくは、風が、思いがけない共犯者であった。

あたしの孤独を隠すこと、それが意図であった。自分の死をこどもに説明しようとする人がパントマイムの役者を使い、贈り物のように自分の死体を包んで登場させるように、あたしの姉が自分の存在を包み、死んだあと、それをあたしへの贈り物としたのだ。もう二年以上、あたしは息を吐き出し、あたしがもっとも恐れていた、もっとも物質的で巨大なその肉体、すなわち姉の不在を、隠そうとしていたのだ。彼女が馬車の中に残していった空白を、あたしの息で、あたし自身が隠そうとし、同時にまた、同じ仕掛けによって、彼女の生を延長させようとしていたとは知らなかった。

馬車とあたし。再生。殻を破って生まれ出たばかりの子がふたたび戻っていく、手つかずの卵の殻。あたしの姉が自ら死ぬことによって肥沃にした腐植土。命ある樹皮に養分を与え、苔やうずくまった微小動物の羽を育てる硬直した林檎の木。再生。たったひとつ、二人で共有したはじめのころの往復の道のり、それは、信頼していたあたしが、二年以上も、ひとりで続けていくのに充分であった。

たったひとりで。それを知らずに。

＊

アカシ先生があたしの耳にかかった髪の毛を除けてくれ、囁くように言う。
《空白。永遠の軌道に投下された武器》
あたしはアカシ先生の頭を胸に抱き寄せ、息を吸い込み、彼の首筋に吹きかける。二人はあたしの臍に込めた力で汗をかく。あたしたちは立ちのぼる湯気で曇っていく。白く、濃い、二つの水滴が地面に落ちる。

ただひとりの人間だけ

私の祖父であり、父であり、息子である、ピーター・カーンへセドリックの年齢は三十四歳であるが、彼の若い心臓の鼓動は先祖伝来のものだ、なぜなら、セドリックがいま生命を維持しているのは、彼のまえに多くの人間が生きのびてきたからだ。手始めにその年代を、現代から三万二千年まえと想定してみよう。旧石器時代の人間がひとり、フランス南部の洞窟で狼に襲われ、命拾いをしたところだ。まだ警戒を怠らず、ぜいぜい息を切らしているが、やがて落ち着きを取り戻していくにつれ、治まりはじめる。恐怖が鎮まると、洞窟のさまざまな音が現われる。濡れた壁から染み出てくる水滴の音、穀物の運搬を再開した齧歯類の足音。それを耳にして、危険が去ったことを確認した男は松明を持ちあげ、洞窟の正面の壁に、はじめて、いままで見たこともないものを発見する。絵だ。それが何であるかはわからない。野牛や馬がいるが、動かない。略奪者の姿があるが、襲ってこない。熊、みみずく、ハイエナ。男は再び恐怖で震える。野獣たちがじっと動かないのを見ると、勇気を奮い起こし、ゆっくり、用心深く、壁に近づいていく。充分近くに立つと、松明をかざし、脅かしてみたり、火を押しつけてみる。それから自分の手で触れる。指で動物の輪郭をたどり、その指を口にもっていく。鼻を押しつけるようにし、臭いを嗅ぎ、大声で呼んでみる。再び火を近づける。しかし反応はない。絵の下に、泥を含んだ暗赤色の水溜りがある。男は手を浸し、それから右掌を壁に押しつける。変わった特徴をもつ、見分けやすい手だ。小指が生えはじめたばかりで、小さく、ほとんど見えない。それからというもの、男は四本指の赤い掌で、動物たちの絵にまだら模様をつけていく。三万四千年後の今日、その地層は当然のことながら閉じられていたため、これらの絵は、新鮮に見え、最古の絵として知られているものに対して、年代の古さという点において変更を求めることになるだろう。同時に、われわれは、旧石器時代の人間の四本指の手に、歴史の最初の自画像、後世のセドリックの誕生に不可欠だった有指動物の表情を見ることができるのである。

しかしながら、セドリックはいまストレッチャーに固定され、致死量の注射を待っている。これを執りおこなおうとしている人たちは、生命の保護を義務づけたヒポクラテスの誓いにしたがえば、医者ではありえない。彼らは《技能者》と呼ばれている。技能者たちは彼の左右の腕に静脈内処置をおこなおうとしている。三種類の薬品が、致死量、順次投与されることになっている。まず、チオペンタールナトリウムが彼の感覚を奪っていく。セドリックは意識を失う。次の段階において、彼の筋肉が、横隔膜を含め、麻痺しはじめる。臭化パンクロニウムの作用によるものであり、その結果、セドリックは呼吸能力を失う。しかし彼の心臓は、五分を超えない範囲で、一定時間動作をつづける、そこで、処理の能率をあげるため、第三の物質、塩化カリウムが注射され、これが心筋を脱分極し、ついにセドリックの心臓は停止する。

セドリックは移送されてきた独居房の天井を見ている。この五年間いた房の天井よりはずっと白い。気が立っていないのは、経口鎮静剤を飲むことに同意し、薬が効きはじめているからだ。食前酒を飲むのと同様、グラス一杯の水、アイロンの効いたナプキンとともに、小さな磁器皿にのせた包装されていない錠剤二錠が与えられた。夏のテラスで供されるあのサーモンのカナッペを思い出したが、いま飲んでいる食前酒は、彼にそれとは異なる食欲を感じさせる。舌下で溶けた錠剤の苦味が彼の感覚を開放しはじめ、静脈に直接投与された主食は、これで終わりだろうという夢想の境地に彼を導いていく。悲しい気分だ。これほどの悲しみを経験した記憶はないが、この瞬間が一生続いてくれたらいいのにと彼は思う。

セドリックは、祖先たちと同じように長生きしたいという望みをもっている。西暦三世紀。ひとりの男が、四本指の祖先と同じように、自衛のために武装する。彼の前に登場するのは狼ではなく、別の男だ。アフリカのローマ帝国領テュスドゥルス、現在のエル・ジェムの円形競技場において、剣闘士が薄暗い地下道の中で闘技場に向かう準備を整えている。外では、太陽が高く上り、観覧席の歓声が、闘技場で展開されている闘いの状況に合わせ、うねりとなって聞こえている。地下牢には、男や獣の腐臭、血、糞便、汗の臭いが漂っている。剣闘士の登場に先立ち、監視員がその腕を上からへらで擦り、手首に達したところで、汗を小瓶に流し込む。彼が闘いの勝者として生還すれば、その液体は現在の二倍の値段で売りに出される。一時間後、円形闘技場で任務についている奴隷たちによって、敗者が鉄の鉤で引きずられていき、その一方で、勝者の黄色い汗が、その小瓶欲しさに高値をつける観覧席の女性たちの手から手へと渡されていく。この闘いによって、剣闘士は自由の身となる。彼がこのあとかく汗は、彼自身の意思により、あまたの女性たちの肌の上に流されることになる。

絹は東洋と西洋を結ぶ最初の糸であった。ローマ人たちは、絹は毛がふさふさした中国のある種の木に生えてくるものだと信じており、中国は、その思い込みを利用し、製品の秘密を厳守した。法律によって、蚕やその卵を国外に持ち出そうとする人間を死刑に処した。元剣闘士だった男は、その後商人となり、旅を重ねたけれども、蚕の神秘を探り出すことはどうしてもできなかった。彼はまた、幼虫ボンビックス・モリが絹となる蛋白質の繊維を紡いでいる一方で、ひとりの少女が彼の精虫を蛹に変態させ、九カ月後、娘を産み落とすことになるのも知らなかった。

セドリックはこどものころによく見たある夢を憶えている。それは夢というよりも、十一歳のとき、リューマチ性の熱で何カ月か寝込んで以来、二度と感じたことのない、ある種の感覚だった。夜になるとときどき、自分の鼻が円いオレンジ色の種子で詰まってしまうという想像に駆られるのだ。鼻に詰まった小さな実が、嗅覚を通して、妄想のなかで、彼の鼻に生えはじめた木の味を知らせてきた。熱が下がると、彼は戸棚から靴の入った箱を取り出した。その中には、叔母さんが旅行の土産としてくれた、小さな跳ねる種子が入っており、叔母さんの説明では、その実を跳ねさせているのは、中にいる動物の幼虫だということだった。その毛虫は乾燥しないために湿気を必要としており、紫外線に反応して種子を跳ねさせる動作を起こす、まるでその種子は植物というよりも動物のようだった。セドリックはいま、両方の手首とくるぶしをストレッチャーに固定されたまま、こどものころ熱を出していたあいだ、ベッドの端から端へと動き回っていた自分を思い出している。

十一世紀にわたって、ローマ人の種子は中国人のペニスから胎内へと経めぐり、ついに一四〇五年、平民出身の武将の血となって、明王朝の艦隊に姿を現わした。この艦隊は艦艇の数において、当時のヨーロッパの艦隊全部を合わせたものを凌ぐ規模であった。深紅の絹布による七張りの横帆が、全長一三四メートルの旗艦に翻っている。指揮を執っているのは、武将の鄭和であり、平民出身の彼は十四歳のときに家族から引き離され、皇帝の王子への贈り物として宮廷に連れてこられた。彼は、特別の計らいで、宦官にはされず、訪れた三十七カ国のうち二つの国で、三人の女性を懐妊させた。三人目が、スペイン人だった。

絹の糸と同じように、ペストの糸もアジアからヨーロッパへと渡っていった。鄭和の子孫であるひとりの女性が、セビリアで一六四九年のある朝、夫の肌に黒い点を見つけ、それは、そのあと何日も黒い斑点となって増えていった。多くの隣人たちも、悪寒、頭痛、出血、壊死障害など、同じような症状を訴えた。ちょうど三百年まえフィレンツェの町を破壊したペストの症状によく似ていた。あまりにも速い進行が特徴で、その蔓延の速さに、イタリアのある人文主義者が、一三五一年ころ、次のように述べている。「ガレノス、ヒポクラテス、アスクレピオスといった医学の賢人たちが健康そのものと判断したであろう著名な多くの男たち、美貌の多くの女たちが、家族や、同僚、友人たちと朝の食事をともにし、その夜には祖先たちと、あの世で夕食をともにしたのであった」。

この疫病はセビリアの人口の半分を壊滅させ、史上最初の生物兵器となったのである。こうして、戦争が行われる度に、感染による死者がカタパルトで敵地に打ち込まれ、ペストが広がっていった。はじめ病気は鼠の蚤によって感染した。二匹の鼠がいれば一年で二千匹の子を産むが、ペストは短期間で変異を起こし、咳によって人から人へうつるようになった。セドリックは、生物兵器の開発に資本が投下される時代に、無菌の独居房にいて、咳をし、膿状痰を吐き出している。

十九世紀のモスクワで、酒飲みの小男が民謡を歌って生活費を稼いでいた。一八一二年の七月、彼は偶然ネムナス河の近くに連れてこられ、ナポレオンの《大陸軍》に遭遇した。隠れていた場所から、彼は何百という死体が共同墓地に投げ捨てられるのを見た。戦争の犠牲者たちではなく、人間につく虱《しらみ》による伝染病、いわゆるトレンチ発熱による死者であった。

セドリックは遺言を残すことが許されるかどうかわからなかったが、鎮静剤による眠気もあって、酒を一杯所望した。酒が欲しいと言ったとき、舌が重く強張っているような気がした。彼は祖父母の畑にあった木の幹がごつごつしていたのを思い出した。こどもの自分が柔らかな手で樹皮を剥いでいるのが見えた。それはイチイの木で、祖母の話す声が聞こえてきた。永遠に枯れない聖なる木だと、祖母は言い、腐りかけていても、枯れて死んでしまうまえに、幹の中に葉を一枚落とすのだという。祖母のはなしによれば、その小さな葉が、水族館の壁を小さな鯰《なまず》のコリドラスがきれいに掃除するように、木の腐食した部分を取り除きはじめ、腐ったところを食べて、養分に変え、傷みのない幹になるまで成長し、さらに千年のあいだ木を支え続けていく。そしてセドリックは、動けぬようストレッチャーに固定されたまま、イチイの木陰でうっとりとなり、祖母の歌を聞く。「三羽の鷲の命は、一匹の犬の命。三匹の犬の命は、一頭の馬の命。三頭の馬の命は、一人の人間の命。三人の人間の命は、一羽の鷲の命、三羽の鷲の命は、一本のイチイの木の命。一本のイチイの木の命は、一時代の長さ。創造から審判の日までは七千時代」。

セドリックは自分を覗き込んでいる技能者の顔をぼんやりと眺めている。眼を閉じると、一枚の写真が見える。こどもも、若者も、老人も、大勢いる大家族のようだ。全員カメラの方を見ている。写真に写っているのが誰なのか、確かめたいと思う。麻酔状態のだるさを感じながら、記憶の糸をたぐる。すると、よく知られたニュースを思い出す。一九七二年十月十三日、ラグビーチームの若いメンバーを含む四十五人の乗客を乗せた飛行機が、アンデス山中に墜落した。その生存者が、死んだ仲間たちの冷凍肉を食べながら、雪の中で七十二日間生きながらえた。しかし、セドリックの頭で鳴っているのはそのニュースではない。写真である。彼の大脳皮質に貼りついて、思考を徐々に緩慢にしている、その写真だ。彼には、悲しみ以外に、気力は残っていない。彼の悲しみは、死によって生へと変化するイチイの葉、その根っこ、力が抜けていくにつれ強く握りしめてくる手のようなものだ。彼の悲しみは、極度に衰弱した神経。静脈になにかが突き刺さるのを感じる。あの写真。すべての顔がレンズを見つめている写真。みんな楽しそうだ。大勢いる。誰もが好きなように笑っており、一方、彼の方は、ストレッチャーに乗せられた誰もがそうであるように、とても悲しそうだ。その楽しげな写真に引き寄せられて、彼はアンデス山中の生存者の証言を思い出す。「飛行機には四十五人乗っていました。助かったのは十六人です。二十年後ぼくたちは再会し、写真を撮りました。すでに七十人になっていました。そこに創造の手を見ました」。セドリックは首を少し回し、注射されている腕を見る。技能者たちは彼をひとり放置している。おそらく精神の錯乱がもう起こっているのだろうが、次第に弱まっていく心臓の鼓動が彼には聞こえているようだ、九本指の旧石器時代の男が、恐怖が鎮まっていくにつれ、洞窟の音や、生命が出現する音に耳を傾けていたように。セドリックは、液体が細いプラスチックの管をつたって、隠れた静脈に落ちていくのを見ている。自分の手を見る。液体が体内に浸透していき、彼はひとつの思考をまとめるために最後の力を振りしぼる。セドリックは、この四本指の手を誰から受け継いだのだろうかと思いを巡らせる。

訳者あとがき

人間とは何か、世界とは何かを、小さなスペースに、さまざまな方法を駆使して表現しようと試みる短編小説の醍醐味をお求めの方に、新鮮な一書をお届けしたい。この一冊は、しかし、戦慄すべき内容に満ちている。

一九七八年、スペインのセビリアに生まれた女性作家マリーナ・ペレサグアの短編小説集『リトル・ボーイ』(Marina Perezagua. *Leche*. Los libros del lince. Barcelona, 2013) に登場する人物は、神話の時代から、人類の絶滅も予測されるこの世界にあって、破壊され、病み、漂流し、沈黙に陥る人間たちである。

全十三編の冒頭に収められているのは、題名「リトル・ボーイ」からおわかりのように、広島への原爆投下に材を求め、それを生き延びた日本人老女性との対話を通して、長い宿命的な年月の中の、親と子の二重の死を、著者の直感を交え描いたものである。風化していく歴史とその記憶を取り戻すには、文学による普遍化がもっとも有効な方法だと思われるが、スペインの若い作家がその試みのひとつを提示して見せたことは極めて興味深い。

それに続く作品には、閉塞した社会から逃れようする人間の異常な行動（「海藻」）、戦争で傷つき掌にのる虫のようになってしまった男の人間としての回復を願い日夜介抱し慈しむ女（「彼」）、シェークスピア劇の異様な上演現場の雰囲気に飲み込まれ精神に異常をきたす青年（「あらし」）、父との断絶後十五年を経て再会する娘の狂気に満ちた言動（「記念日」。本短編冒頭の献辞、および文中《　》で示した部分は、ホルヘ・ルイス・ボルヘスの詩「天恵に関するもうひとつの詩」による）、未来を予測しているとも考えられる原始・神話時代の男と女の生きざま（「ホモ・コイトゥス・オクラリス」、「ミオ・タウロ」）、美女を求め事実を追求しようとして子供を犠牲にする父親（「島」）、同じルートのトラック輸送に長年従事している男の脳内で作動する自動操縦装置により記憶を喪失し罪を犯す中年の男（「操縦装置」）、障害を持つ子供の誕生日プレセントとして買ったガチョウを母が調理し日曜の食卓を囲む三人の親子（「ブランキータ」）、心臓移植を待つ十四歳の少女の性の欲望に翻弄される教師（「移植」）、自分の孤独を隠蔽するために死んだ姉の絶対的支配を受ける架空の閉塞状況をつくりだす女性（「アウラティィカ」）、人類の科学技術発達の歴史の中でその実験台として消滅していく人間（「ただひとりの人間だけ」）などが語られている。

原書で最長四〇ページ、最短二ページの、これら十三の短編小説では、一方では歴史的事実を踏まえ（広島の被爆、ポーランドの名シェークスピア女優ヘレナ・モジェスカ）、他方では文学の伝統に沿い（ミノタウロス、シェークスピア『テンペスト』、カフカ『変身』、ボルヘスの詩句などが叙述の中に挿入されている）、世界の暴力や抑圧に直面したときの人間の弱さ、奇妙な行動が、作家の卓抜な想像力と感性によって表現されている。

この短編集は世界と人間についての悲観的な真実を突きつけてはくるが、しかし、すべてが絶望の物語ではない。描かれている絶望的な世界や人間の真実が、読者の心にじわじわと浸透し、それが現在を生きる人間に、奇妙な共感となって伝わり、その認識がわれわれの前方にほのかな明かりを投げかけていると思われるからである。

現代スペイン文学における短編小説の動向を示す格好の二書がある。アンドレス・ネウマン編『ささやかなる抵抗――新スペイン短編小説選集』（*Pequeñas resistencias — antología del nuevo cuento español*. Edición y selección de Andres Neuman. Páginas de Espuma, 2002）、そして、ヘマ・ペリセルおよびフェルナンド・バルス共編『二十一世紀――今日のスペイン短編小説の新しい作家たち』（*Siglo XXI — Los nuevos nombres del cuento español actual*. Edición de Gemma Pellicer y

Fernando Valls. Menoscuarto, 2010）である。いずれも六〇年代以降に生まれ、短編集を少なくとも一冊は上梓している作家たちの作品を集めたものである。前書には作家三十名の八十二編、後書には作家三十五名の三十五編が収録されている。重複を極力避けた編集により、両書ともに採録されているのは五人のみで、その場合も掲載作品は別である。注目を惹くのは、いずれの選集の場合も、最初に各作家が短編小説の詩法を表明する場が設けられていることで、それぞれが短編にこだわる理由を述べ、これまでに影響を受けた人物を挙げている。前書にはポー、カフカ、ラモン・ゴメス・デ・ラ・セルナ、ボルヘス、コルタサル、チーヴァーなど、後書にはチェーホフ、キャサリン・マンスフィールド、ヘミングウェイ、カーヴァー、ポー、ホフマン、コルタサルのほか、カフカ、ボルヘス、オネッティ、チーヴァー、フォスター・ウォレス、アリス・マンロー、ロリー・ムーアなどの名が見え、現代スペインの短編小説作家たちが、これら先達の作品に学び、さらに新しい表現の獲得を目指している意欲が読み取れるのである。

なお、後書の編者が、（長編）小説が注目される現状において、スペインで短編小説発表の場を提供しているのはもっぱら独立系小出版社である、と指摘していることも付言しておきたい。

マリーナ・ペレサグアはセビリア大学で美術史を学んだあと、奨学金を得て米国に渡り、スペイン語圏文学を研究。その後一時リヨン（フランス）のセルバンテス・センターに勤務したが、再び米国に戻り、ニューヨーク州立大学（ストーニー・ブルック）でスペイン語およびスペイン文学の教鞭をとりながら、執筆活動を行っている。二〇一一年に発表した第一短編集『深海生物』（*Criaturas abisales*. Los libros del lince, 2011）も格式ある文芸評論誌などで高い評価を受けている。また最近、「リトル・ボーイ」に登場する日本人女性を主人公にした最初の長編小説（*Yoro*. Los libros del lince, 2015）が出版された。

本書の日本語訳については、著者の了解を得て、原作の表題 *Leche* を冒頭の短編小説のタイトルに合わせ、『リトル・ボーイ』とし、原著に含まれる一短編 Leche を削除した。

マリーナ・ペレサグアの作品を初めて日本に紹介するにあたり、水声社の鈴木宏氏および井戸亮氏、小泉直哉氏にさまざまなご配慮をいただいたことを深く感謝する次第である。

内田吉彦

著者・訳者について――

マリーナ・ペレサグア（Marina Perezagua）　一九七八年、セビリア（スペイン）に生まれる。小説家。ニューヨーク在住。主な作品に、本書の他、『深海生物』（*Criaturas abisales*. Los libros del lince, 2011）、『ヨーロ』（*Yoro*. Los libros del lince, 2015）などがある。

＊

内田吉彦（うちだよしひこ）　一九三七年、大宮市に生まれる。東京外国語大学スペイン語科卒業。フェリス女学院大学名誉教授。専攻、スペイン、ラテンアメリカ文学。主な訳書に、ボルヘス＋ビオイ＝カサーレス『天国・地獄百科』（共訳、水声社、一九八二年）、イアン・ギブソン『ロルカ』（共訳、中央公論社、一九九七年）、ガルシア＝マルケス『悪い時』（新潮社、二〇〇七年、共訳）などがある。

装幀——宗利淳一

リトル・ボーイ

二〇一六年五月一〇日第一版第一刷印刷　二〇一六年五月二〇日第一版第一刷発行

著者――マリーナ・ペレサグア

訳者――内田吉彦

発行者――鈴木宏

発行所――株式会社水声社

東京都文京区小石川二―一〇―一

郵便番号一一二―〇〇〇二

郵便振替〇〇一八〇―四―六五四一〇〇

電話〇三―三八一八―六〇四〇

ＦＡＸ〇三―三八一八―二四三七

URL : http://www.suiseisha.net

印刷・製本――モリモト印刷

ISBN978-4-8010-0161-9

LECHE by Marina Perezagua.

フィクションの楽しみ

〔価格税別〕

ステュディオ　フィリップ・ソレルス　二五〇〇円
煙滅　ジョルジュ・ペレック　三二〇〇円
美術愛好家の陳列室　ジョルジュ・ペレック
一五〇〇円
人生使用法　ジョルジュ・ペレック　五〇〇〇円
家出の道筋　ジョルジュ・ペレック　二五〇〇円
Wあるいは子供の頃の思い出　ジョルジュ・ペレック
二八〇〇円
ぼくは思い出す　ジョルジュ・ペレック　二八〇〇円
秘められた生　パスカル・キニャール　四八〇〇円
骨の山　アントワーヌ・ヴォロディーヌ　二二〇〇円
長崎　エリック・ファーユ　一八〇〇円
わたしは灯台守　エリック・ファーユ　二五〇〇円
1914　ジャン・エシュノーズ　二〇〇〇円
家族手帳　パトリック・モディアノ　二五〇〇円
地平線　パトリック・モディアノ　一八〇〇円
あなたがこの辺りで迷わないように　パトリック・モディアノ　二〇〇〇円
赤外線　ナンシー・ヒューストン　二八〇〇円
草原讃歌　ナンシー・ヒューストン　二八〇〇円
モンテスキューの孤独　シャードルト・ジャヴァン
二八〇〇円
バルバラ　アブドゥラマン・アリ・ワベリ　二〇〇〇円
涙の通り路　アブドゥラマン・アリ・ワベリ
二五〇〇円
これは小説ではない　デイヴィッド・マークソン
二八〇〇円
ライオンの皮をまとって　マイケル・オンダーチェ
二八〇〇円
神の息に吹かれる羽根　シークリット・ヌーネス
二二〇〇円
ミッツ　シークリット・ヌーネス　一八〇〇円
暮れなずむ女　ドリス・レッシング　二五〇〇円
生存者の回想　ドリス・レッシング　二二〇〇円
シカスタ　ドリス・レッシング　三八〇〇円
メルラーナ街の混沌たる殺人事件　カルロ・エミーリオ・ガッダ　三五〇〇円
モレルの発明　アドルフォ・ビオイ＝カサーレス
一五〇〇円
連邦区マドリード　J・J・アルマス・マルセロ
三五〇〇円
古書収集家　グスタボ・ファベロン＝パトリアウ
二八〇〇円